松本博逝著

姥捨て山戦争

ロックウィット出版

西暦二千ＸＸ年、日本全土が姥捨て山になってしまう事を今は誰も知らない。

1

「ギャアアアアアアアアアアアアアアアアアアアアアアアア」

「命だけは、命だけは助けてくれ！　お願いだから！　なあ頼むよ」

「あんたらは誰のおかげでそこまで大きくなれたと思っているんだ！　私達の面倒を見るのは常識なんだよ。この恩知らずめ！」

「お前らは誰から生まれてきたんだと思っているんだ？　お前らは自然に湧いてきたのではないんだぞ！　俺ら旧世代がいて、その旧世代が努力し、教育し、お前らのような新世代ができたんだ！　少しくらいは感謝しろや」

今、紹介したのは爺・婆が土に生きたまま埋められる前に言った最後の言葉である。この言葉はすべて相手にされなかった。それほど若者の怒りは激しかったのだ。このような状況になる前に年寄り達はなぜ反省しなかったのだろうか？　反省すれば、貧しくともそれなりに若者から尊敬され、幸せに余生を暮らせたのに・・・。

現在（西暦二千ＸＸ年）の日本の状況は最悪だ。六十五歳以上の人口が日本の五十％を超えてしまった。社会にはまるで活気がなく、生きながらも死んでいるようだ。このような社会的な状況を経験したのはこの時代の日本が最初だ。それと比べると昔は健康における意識も低く、科学技術やそれに基づいた医療も発展していなかった事から、人間は早く死んだ。それは不幸なように現代の人間にとっては思えるかもしれない。しかし、実は大きな意味があったのだ。それは現役世代が老人を支えなくても良いという事だ。人間は子供の時から成長して、大人になり、自分の子供を育ててあげるとすぐに死んだ。すぐに死ぬので自分の子供の世話になる事もあまりなかった。まして やボケる老人も殆どいなかった（ボケた老人は最悪だ。夜間徘徊をしたり、凶暴になって世話をしている家族を攻撃したりする事もある）。そして、この老人が早く死に、新しい生命が旧世代に煩う事なく、自分と子供の為に生きるという事が永遠に続くように思われたのだ。そう、科学技術の発展までは永久に続くと思われたのだ。ここで、お前はそんな事を書くなら、「自分の親が早く死んだら、悲しくないのか？」と人々は思うかもしれない。じゃあ、私は人々にこう質問を返すだろう。

「自分の親が早く死ぬのと、七十歳から百歳までの間、付き添い必須の介護を続けるのはどちらが良いのか？」

この質問に考えずに答えるような人間はいない。殆どの人は自分の親には長生きして欲しいと思うが、介護はしたくないというのが本音だろう。健康なままで長生きして、死ぬ時は一瞬で死んで欲しい。俗に言う、ピンピンコロリを望む。ところがどっこいそうはいかない。ピンピンコロリどころか、ボケたまま三十年生きる時すらある。

まあ、この話はさておいて、現在の状況を更に詳しく説明しておくと、有権者の五十パーセントより多くが六十五歳以上の老人で、政治家になると平均年齢八十歳になっているというのが現在の日本の実情だ。完全なシルバー民主主義だ。若者の意見なんて権力者である政治家は誰も相手にしない。老人の声しか耳に貸さない。そして、更には権力者である政治家ですら老人なのである。

学者風に言うとこれは「民主主義の完全な失敗である。民主主義は人間が長生きをせずに死んでいき、次の未成年を除いた若い多くの世代が有権者となり、世の中をバランスよく発展させる事を前提に設計された。年寄りは早く死ぬ事を前提にできており、未成年と同じように権力を握れないように設計されたのだ。しかし、現実、未成年は権力外だが、今や年寄りが政治権力の中枢にいる。これは、年寄りが現役世代を食い物にしかねないという事だ。もうすぐ死ぬ人間が考える事、それは自己保身である。それに年寄りは未成年と同程度の能力まで、加齢の為に低下している事も多い」

そう、「自己保身」、この言葉こそ、年寄りの常に考える事である。やり直しはできない、失敗ができない、後の人生がないので、今の事にしか興味がない。このような人間達が政治権力の中心にいたからこそ悲劇が起こったのだ。

しかし、中には教養が高く、自己犠牲の精神を持ち、自分が死んだ後も、子供や孫の事を考える老人も少数ながらいた。残念ながら少数だ。概ねこのようなエリート精神を持った人間は教養と財産と名声高い祖先からの栄誉を受け継いだ名門のエリートが多い。この名門の内の最高エリートである何世代も続く、貴族化した世襲政治家というのもこの時代にはいない。この時代に政治家になった者は成金の野心家のみだ。先祖の名誉を気にする事もなく、運と独自の嗅覚で権力と金を手に入れた者だ。貴族化した世襲政治家は大衆の激しい妬みを受けたので完全に消滅させられた。つまりは、政治家の世襲禁止という法律が可決されたのだった。大衆は長い世襲制度が成金どものような金銭主義、道徳を踏みにじるような野心を薄めて、名誉と品を重視する貴族的精神を熟成するという事を理解していなかったのだ（例えていうなら、利殖詐欺をやらかすような連中が政治家になる場合が多かった）。

又、この無責任体制が広がったのは年齢だけが原因ではない。生涯未婚率も原因だ。今の日本の生涯未婚率はなんと五十％である。二人に一人は結婚せずに子供もいない。稼いだ金は自分の為だけに使用し、子作りを目的としない異性とのＳＥＸを楽しむ連中なのである。昔は結婚する事が社会の責任を果たし、人間として一人前と認められる条件だった。結婚していないだけで、友人からの交際を拒否される事もあった。結婚は社会と将来の世代に責任を持つことだったのである。しかし、現在の結婚は違う。結婚は損か得かで決められる経済上の物となった。義務ではなくなったのである。それゆえに将来の世代への責任はますます低下した。

その他にも原因はある。金銭主義の蔓延だ。以前の日本では金と名誉が完全に分離していた。いくら金を稼げる職業でも、社会貢献にならない職業や反社会的な職業には名誉が与えられなかった。しかし、今は違う、金＝名誉なのである。つまりは道徳の上に金が位置するのだ。このような社会はすべてが刹那的にならざるを得ない。人間は金を使用する事での快楽の為に生き、そして、死んでいくのである。それは、子孫の為に責任を持たずに、自分の為にのみ生きるという事である。

次には過度の学歴主義の蔓延がある。学歴が身分となったのである。この時代には学歴は非常に重視され、身分となったが、学校を卒業してからの勉強。つまり、教養はますます無視されるようになった。その結果、年間の平均読書数は低下し続けた。

しかし、学歴を追い求め続ける受験勉強はますます過熱した。そして、学歴を得た後は、出世競争という企業主義的価値観が日本全土を取り巻くようになり、教養は崩壊した。その出世主義はあらゆる不道徳な事は発覚されなければ正義となり、上昇志向が第一とされ、道徳は建前となった。そもそも、教養は道徳を強めるという効果を持っている。色々な事を知るというのは世界における真、善、美を見るという事だ。

その真、善、美に一定の数の人間は確実に影響を受ける事になるのだ。それは社会の道徳の健全化に非常に役に立っている。それが、極端な学歴主義と出世主義によって崩壊した。

さらには、教養と道徳の崩壊と金銭主義の蔓延は音楽、テレビ、ラジオ、インターネットにもその影響が広がった。例えば、音楽で売れるのはアイドルの曲ばかりで、本格派の歌手は殆ど影響を持たなくなった。テレビ、ラジオ、インターネットにしてもそれと同じような状況である。

日本の中で唯一、金銭主義とは無縁で、国民の教養の育成を第一にしてきた国営放送のテレビも国民の堕落とともに、受信料の無駄と言われ、低俗なお笑いと音楽を提供する民営テレビ局にならざるをえなかった(西暦二千十八年の日本でも国営テレビ局と民営テレビ局を比べてみな、いかに民営テレビ局が腐敗臭を漂わせているかよくわかる。大衆向けに金儲けするというのはああいう風にするんだなっていう見本だ)。

このような大衆の道徳的腐敗は出世競争に敗れていった者達や元から無気力な人間の生活保護不正支給を極端に増加させる結果となり、国庫を圧迫させるという結果になった。それが、二十代の元気な若者が病気と偽り、働かずに生活保護を受けて遊んでいるという状況が多数あらわれ、それに年金財源も大きな影響をうけるようになった。

このような嘆くべき状況の中で、道徳的に腐敗した老人の国民と老人の政治家が結託して可決した法案がある。

「現在、四十五歳未満の者は年金を九十歳から支給する」だ。

それも自分達の世代の年齢は六十五歳からの年金支給である。そして、ここからすべての物語が始まるのだった。

2

私の名前は吉村正だ。最近はこの正という名前が嫌いだ。なんなら、吉村悪、否、吉村極悪でもかまわないと思う時がある。その理由はこの世の中に正義は行なわれていないからだ。なのに正という名前だけが、空虚な世界に虚しく響き渡る感じがする。それが腹立つ。

それにもっと腹が立つのは最近の爺・婆の品性のまったくない振る舞いだ。上品さのかけらもない。臭いに気を使う事もないので臭い。ションベンと線香の臭いがする。

頭がおかしくなっているのも一部にはいて、突然キレだしたりする。キレる老人ってやつだ。軽犯罪者にも老人が多くなってきている、特に万引きだ。最近は老人という良い大人がスリルを楽しむという事だけで万引きしている。散歩していると、スーパーの近くをよく通るが、老人が補導員に店長室へ連れて行かれるのを良く見る。

又、動きが遅い。遅くて非常に腹が立つ。人が自転車で急いでいる時にもノロノロと歩いてやがる。自転車のベルを「チリン、チリン」と鳴らしても完全に無視する奴も多い。耳が遠いのか、それとも感度が鈍いのかわからないが、どかない。道を占領して、ノロノロ歩く、最後にはこっちが気を遣いながら、自転車でそっと追い抜くのだ。おまけに何度も同じ事を質問する。私は結婚していないのだが、それを一時間の会話で五回くらい質問された事がある。まあ、文句を言えばきりがないのだが、とにかく私は老人が嫌いだ。

「じゃあ自分もいつか老人になるじゃないか？　その時はどうするんだよ」と皆さんは思うかもしれないが、私が目指すのは今あげたような老人ではない。少なくとも、汚く、品性のない老人にはなるつもりはない。上品で小綺麗でボケていなくて、お洒落な老人になろうと思っている。それにしても老人が嫌いだ。嫌いだ。大嫌いだ。

しかし、現実は政治家の殆どが八十歳以上の老人で彼らが国家権力の中枢にいる。事務次官や局長おまけに本省の課長程度までの官僚も六十五歳以上の老人ときていやがる。そして、五十歳より、下の人間なんかに役職はない。ほぼ平公務員だ。これは官公庁だけではなく、民間企業にもいくらか当てはまる。老人がポストを占領してどかないのだ。ただ、民間企業は少数だが、課長までは五十歳程度でつけるようになっている。民間はさすがに市場競争が働くのであまりの老齢は許されないのだ。

定年制も事実上廃止された。昔は六十歳、六十五歳、七十歳ときちっとした数字で定年の年齢が決められていた。しかし、今、それはない。それはなぜか？　年金の支給年齢が六十歳、六十五歳、七十歳と伸ばされていき、更には支給額も続々と減額されてきたからだ。だから、会社や官庁にしがみつく、その結果、若者には職も社会的地位や収入が約束されたポスト（課長・部長等）もまわってこない。

この時代の三十五歳までの若年者失業率は最悪だ。三十五歳までの若者の内、四十パーセントは失業しているような状態だ。ただ、仕事がないわけではない。老人介護や老人ができない力仕事の需要はいくらでもある。ぜんぜん足りていない。しかし、そのような仕事を若者がするだろうか？　否、そんな仕事をするわけがない。この時代の若者はそんな事をするのならブラブラ遊んでいる方がましと考えるような人種なのだ。さらに昔はニートという差別的な言葉があって、そんな若者を軽蔑し、働かせようとする圧力もあった。ニートは働かない未熟者を意味し、皆に軽蔑される風潮もあった。しかし、今はニートの代わりに吟遊詩人とか若年貴族とか旗本の次男だとかの肯定的な隠語が使われるようになり、ニートという軽蔑的な意味合いの語は使用されなくなった。

このような状況の中で、老人介護や力仕事を支えているのは改良された新型の作業ロボットと外国人労働者である。この時代は昔の技能実習制度が名前を少し変えて、技術研修制度となり、日本人より遥かに低いが、なんとか我慢すれば最低の中の最低限度の生活が送れるよう設計された制度となった。奴隷と言わないまでも、苦力（イギリスの植民地における低賃金で重労働させられた人々）と同じようなものとなった。

ここで、奴隷ではないという事がポイントである。奴隷であれば、国際社会からの強烈な非難はまぬがれない。しかし、その中間体である苦力で、技能を研修中とあれば国際社会からは叩きにくい。実際に外国人は奴隷と違って仕事を辞める事もできるし、日本人より遥かに低いが最低賃金制度もある。更には母国よりもはるかに高賃金で、日本で一年働けば、母国で三年は働いた賃金がもらえる。ただ、労働期間は三年から五年で日本には定住できないようになっている。この制度を利用して、狡猾な老人政治家、老人官僚共は世界から外国人の若者を必死に集めようとした。将来の自分達のオシメを変えて、糞と尿の世話をしてくれる労働力がどうしても必要だからである。

しかし、吟遊詩人や若年貴族や旗本の次男等は暇でプラプラしている。社会への不満だけを溜めながら、親のスネをかじりつつ、介護や力仕事につく事は絶対にない。ただ、強烈な不満だけが溜まってくるのだ。外国人は日本国において低賃金で死ぬほど働かされても、節約と勤労に励めば、最後には母国に大金を持って、故郷に錦を飾る事ができる。その夢がある。しかし、吟遊詩人どもには夢も何もない。ただ、年寄りと運やコネ等によって年寄りの後を継いだきちっとした職のある若者を激しく憎むだけだ。

又、きちっとした職のある若者（従業員百人以上のブラックではないホワイトカラーの正社員職）も更に上昇したいという意識から年寄りに激しく敵意を抱く者も沢山いた。年寄りから職を受け継いだ若者も平公務員、平社員で生涯終わる者が九割近くになる事が政府の統計情報等で明確になってきたからだ。なんの面白みもない人生、年寄りの言う事だけを聴いて、下っ端の単純な仕事を行なう人生。賃金も、もちろん、平公務員、平社員で終わる。そして、この吟遊詩人達ときちっとした職のある若者の若さゆえの行き所のない力がいずれは社会を動かすという大きな原動力になるのだ。しかし、今の私はまだそれを知ってはいない。

私は今、概ねこういった社会状況の中に生きているのだ。ちなみに今の私の立場はジャガイモを毎日食べるような仕事からドロップアウトした吟遊詩人だ。昔は毎日、毎日、ジャガイモを食べていた。年寄り上司から毎日与えられる意味もないようなジャガイモばかり食べていた。それでもきちっとした職（つまりはさっき言ったホワイトカラーの正社員）は皆から羨ましがれていた。でも、周りからは羨ましがられていたが、自分的にはウザかった。

まずは上司の爺がボケていたからだ。指示を出す、そして、きちっと指示を出したのに出した指示と逆の事を言いやがる。そして、ぶちギレる。おまけに、自分の言っていた事が間違っていると明確にわかると、とぼけたふり。そして、焦りながら自分の方が本当は正しいと強く主張するようになる。

おまけに、私の事を常識がない、名刺の出し方も知らないとかありとあらゆるアゲアシを取り出す。まさに政党政治の野党のような存在だ。自分の意見を無理矢理正しいと言い出し、それを否定した人間のアゲアシを取り出す。どうしようもない屑だ。

この屑のもとで毎日、ジャガイモを食べるような仕事をして人生が終わるのはムカつくものだ。ところが、破局が来たのだ。破局が。私と仲の良い先輩にあの私の大嫌いな体育会系の薄ら馬鹿の爺上司の事を影でこう言っていた。

「なんであのアホが部長なんですか？　あいつ馬鹿だ。もっと本を読め」

私としては信頼して、その仲の良い先輩に秘密の言葉として言ったつもりなのに、その先輩とさらに仲の良い同僚はその爺上司と仲が良かった。そして、爺にチクられたのだ。爺は私を呼び出してはことさら嫌がらせをするようになり、四ヵ月後、私が退職意思を表した時に最後にこう言った。

「お前、もっと本を読め」

ここで、私が影で文句を言っていた事がすべて露見していたのが、ようやく理解できた。すべてが筒抜けだったのだ。会社で信頼している人とは言っても、そのしゃべった事は絶対ではないが、非常に周りに伝わりやすい。その事を理解していなかった。その時は安定志向の感情が強かった私はもう、ジャガイモを毎日食べるような仕事でもかまわないと思っていたのだが、こんな事情もあってアウトコースしてしまった。そして、ここでふくれているのだ。親のスネをかじりながら、ふくれているのだ。しかし、今でもあの爺はむかつく、革命が起こったら、真っ先に殺してやりたい。七十歳にして既得権益に噛り付いている社会のゴミの癖に、偉そうにだけしやがって！

ところで話は変わるが、私は四人家族だ。私、妹、父、母だ。家族四人で住んでいる。ここでその四人を紹介しようと思う。

まずは妹からだ。妹は自慢ではないが、私と同じく、明らかに美しい。私好みの美人。すらりとした高い身長。非常に痩せた体。上品で幼い空気を持っている。もちろん、Fランクではないそれなりの大卒で教養も高い。そして、冗談も通じ、小悪魔的でSの空気を漂わせている所も兄からすれば嬉しい。捕まえてニャンニャンしたくもなるが、それは血が繋がっているので我慢している（私って変態かも。笑）。

そして、母は明らかに昔、ヤンキーだったとわかるような人だ。タバコはスカスカに人前で吸う、家族がベランダで吸ってくれといっても言う事をきかない。おまけに若い頃の残滓だが、肩に刺青がある。理屈っぽい私とは全く違う人種である。しかも、服装はいつもTシャツにラッパのジーンズときている。若い頃、つまり七十年代に流行したファッションそのままだ。いい加減に私としては二十一世紀のおばさんらしいファッションをして欲しいのだが、聴く耳をもたない。体形は昔、妹並みのスリムで蟷螂というあだ名だったが、今はドラム缶、私達家族にとっては愛すべきドラム缶、もしくはワインを入れる樽という別名もある。しかし、これでも今は、家事の達人で、あらゆる美味しい料理を素早く作り、掃除も完璧にこなし、おまけに重労働のパートまでしているスーパー兼業主婦なのだ。つまり、俗に言う、動ける女デブなのだ。デブの中には運動がまったくできないデブと、普通のスリムよりもはるかに素早く動けるデブの二種類がいる。私の母は後者なのだ。

　次に父の話をしよう。父は元自衛官、それも防衛大学を卒業したばりばりの元エリート将校なのだ。最終階級は陸将補までいったのだ。自慢の父である。もちろん、運動神経は抜群、齢七十五歳にしても、未だ体力は現役時代の八割を維持していた。それは引退した今でも腕立て伏せや腹筋をかかす事はなく、毎日、十キロは走っている筋トレマニアなのだ。父自身も筋トレが楽しくて、楽しくてたまらないと言っており、三度の飯より筋トレが好きだとも言っている。そして、最近は暗殺拳習得に余念がない。若い頃に空手と柔道をならっており、すでに達人レベルなのだ。おまけに趣味で東洋医学も学んでおり、東洋医学と空手、柔道を組み合わせて、相手を暗殺する方法を研究中なのである（まあ、私から見たら、そんな暗殺拳ができるわけはないと思っているのだが、本人はできると思っている）。

もちろん、勉強もできる。英検は準一級を取得しており、外国人とも相手がゆっくり、考慮して話してくれれば、普通にコミュニケーションを取る事もできる。又、世界史、日本史にも詳しく、兵書について東洋は孫武の「孫子」から西洋はクラウゼビッツの「戦争論」、おまけにジョミニの「戦争概論」まで精通している。更には薬草作りの趣味もあり、中国の薬学書である「本草綱目」にも詳しい。

このような家庭で育てられた私はもちろん子供の頃から武道を叩き込まれた。父に匹敵するとは言わないでも、かなりのレベルにまで達しているのは確かだ。小学生の時に柔道を、中学生の時に空手を父から叩き込まれた。その時に何回、父にしばかれた事か！　それでも今は怨んではいない。今は強くなれた事に感謝している。ただ、父のように勉強が好きかというとそういうわけではない。しかし、授業を聞いているだけで、公立中学校の実力テストで上位五％にはなんとなく入るのである。

私は家族とは深い繋がりはあるが、親戚とはあんまりない。幼馴染の従兄弟も疎遠になってしまった。家族も同様だ。僅かに母親が自分の姉妹と連絡をよく取っているくらいだ。父親はもう家族以外の親族とは殆ど繋がりを持っていない。親族から連絡があるのは葬式の時くらいだ。それ以外に繋がりはない。妹はよくわからんが、たぶんないだろう。もしかして、年寄りが無責任の自己本位に行動するのはこういった家族以外との親類との関係が現代は更に疎遠になってきているからかもしれない。特に最近は親戚が集まる法事等の伝統的行事を大切にしなくなってきている風潮が強くなり、親戚間が顔を合わせる事が非常に少なくなってきた。家族のみと繋がりがある人が多くなってきた（特に親戚の中心になる祖母、祖父が亡くなるとそういう傾向が強くなる）。私も自分と同年代の従兄弟の名前は知っているが、自分とは同世代ではない従兄弟の名前、ましてや従兄弟の子供の名前等は殆どしらない。こういった祖先を祭るという行事が軽視された結果、特に独身の年寄りは自分の事しか考えなくなったのだろう。昔は従兄弟の子供にも愛情を感じたはずなのだが・・・。

3

暫くの時が経ち、この年寄りだらけで、活気がなく、老人の年金と介護費用の為に国の借金だけが増えていく、永遠に停滞した世界が続くように思われた。しかし、世の中はところがどっこいそうはいかんという事が度々起こるものだ。力があまりにありすぎる者がその力を過信するあまり、弱い者の力を侮るという事で起こった逆転現象は歴史上に見受けられる事が多い。今回もその例の一つだ。

老人政治家達は若者の力を侮っていたのだ。だが、それも無理はない。老人政治家の権力基盤は老人票によってできている。老人以外の若者や中年はそもそも、この時代においては政治に興味を失っていた。老人があまりにも多すぎるこの世界において、若者や中年が団結してもそんなに力が発揮できるわけではない。おまけに、若者はファッションや恋人や音楽に興味があり、中年は仕事と子育て、ローンの返済とゴルフに大変だ。老人みたいに時間が余っているわけではない。老人政治家にとっては権力基盤として重視するには老人以外は数が少なすぎる。民主主義は数が力なのだ。質は問わない数が力なのだ。余談だが、本当の質を問う民主主義は未成年に選挙権・被選挙権を与えないだけでなく、**八十歳を過ぎた老人にも与えない。**この事が徹底されている国があるだろうか？　なぜ人は歳をとると大人から子供に帰るという事実を直視できないのだろうか？

まあ、御託はともかく、老人政治家達が力をあわせて、ある法案を可決した。それが、先程も説明した。

「四十五歳未満の者は年金を九十歳から支給する」だ。

しかし、よくこんな法案を通したものだ。常識的な視点で言えば、あきれて物も言えない。エゴイズムの塊のような法案であり、生類憐れみの令に匹敵する悪法だ。

この法案は破綻しかけの国家財政を無視して、老人政治家と老人の国民が結託する事で、若者や中年層を犠牲に自分達の世代だけ勝ち逃げできるように仕向けた法案である。後の日本への完全な無関心と無責任、自己中心の塊のような法案である。老人達は中年や若者の政治的無関心からこのような法案は上手くいくと思っていた。政治的無関心とは決して、完全に無関心という事ではなく、一定以内の損失であれば、諦めざるをえないという態度をともなっている事を理解できなかったのだ。一定以内の損失であればと言う事を・・・・。

法案が可決された日は何も起こらなかった。そして、次の日も、一週間後も、一ヶ月後も何も起こらなかった。そして、ついに事件が起こったのだ。それはこういう事件だった。

ある時、若者が電車で老人優先の座席に座っていた。

「すいません、席を譲ってくれませんか？」

「ヤダね」

「お年寄りに席を譲るのは常識の範囲だ、そこを今すぐにドケ！」

「老人に生きている価値があるのですか？　価値のある人間がここに座る権利がある」

「お前らに何か生きている価値があるのかな？」

「じゃあ、あんたら老人にイスを作る事ができるかな？　それも効率的に？　イスを作れる人間がイスに座れないで、イスを作れない人間がイスに座るのはおかしくないか？　狩の時に獲物を取れる若い狼が餌にありつけないで、狩の時に獲物を取れない年老いた狼が餌にありつくのはおかしくないか？」

「じゃあ、子供の狼の時に餌が取れないのを、与えてあげたのは誰なのかな？　私達年老いた狼じゃないのかね？」

「その事は理解できるが、少しは遠慮したらどうだいジイさん？　若い狼の世代からの贈り物である年金で堂々と威張って生きるんじゃなくて、謙虚に紳士らしくしたらどうだい。そうしたら、席を譲ってあげるよ」

「じゃかあしいわい！　そこどけ若造」と叫んで老人は若者の襟首を掴んで、電車の席から引きずり降ろそうとした。だが、若者の襟首を老人が掴んだ瞬間に、駅員がその事に気がつき、仲裁に入った。そこでこの事件は終わったように見えたのだが、実は終わってなかったのだ。

この若者とそれに共感した若者グループがこの事件の顛末に不満を持ち、檄文を撒きながら、町で老人を暴行し始めたのだ。檄文の内容はこうだ。

「老人と若い世代は確かに助け合わなければならない。しかし、老人の最近の傲慢にはヘドがでる。老人は私達、若い世代の幼い時に確かに飴玉を与えてくれた。しかし、若い世代は飴玉に対して、莫大な利子を請求されるのだ。それは複利であり、搾取である。飴玉に対して黄金のビー玉を請求されるようなものだ。老人の正体は高利貸しである。高利貸しに人権はない。若者よ。高利貸しを打倒しろ！　中年も我々に続け」

このような檄文の内容を撒きながら、老人に暴行を付け加えたので、一部の過激な吟遊詩人や若年貴族が暇つぶしをかねて、同じく、暴行に加わった。そして、それは若者の不満を代弁した事もあって、猛烈に広がった。東京はスラム街となったのだ。

おまけに、この私、吉村も自慢ではないが、隠れて暴行に加わった。暴行に加わるのを親に見られたら、泣かれる。おまけに足が付く可能性も考えられるので、覆面をして、家の窓から夜中にコッソリ出て行ったのだ。

町は若年貴族や吟遊詩人と機動隊がもみ合っていた。若者は機動隊に火炎瓶を投げつけ、機動隊は盾と棒で反撃しているような状態だった。そして、その周りは血まみれの老人が転がって、倒れており、中年がひきながら見ていた。その時に私は機動隊に火炎瓶を投げつけるような事はしなかった。恨みがあるのは機動隊ではなく、老人だからだ。そして、ある言葉をひたすら念仏のように唱えながら、血まみれになっている老人の頭を踏み続けた。

「この馬鹿野朗！　くたばりぞこないめ」

「この税金泥棒の高利貸しめ！　今すぐ三途の川に送ってやる」

「クサイ、クサイ、クサイ、ジジババクサイ」

更に効果が期待できるように尖ったスパイクが付いている靴をはいてきた。今までの恨みはらさずにおくべきか！　このような暴動はめったに起こる事はない。特に日本ではまず起こらない。千載一遇のチャンス。空前絶後のチャンス。

私はドサクサに紛れて、血まみれで倒れているジジババの頭や胸を尖ったスパイクがついている靴で踏み続けた。中には意識があって「止めてくれ」「助けてくれ」という奴らもいたが、無視し続けた。更にあの泣き叫ぶ声は私の同情よりも、サディズムの心に火をつけた。「バキッ、ボキッ」と足の下で胸の骨や頭蓋骨が折れる音がした。大量報復をしたかったので、ジジババを踏み続ける時間は一人あたり、三分と決め、一時間、踏み続けたので、ざっと二十人は踏めたと思う。踏んだのはすべて七十歳以上だ。

しかし、これを後で振り返って考えると人間という物は悪魔になれるもんだ。あのジジババを踏み続けた時の心情を振り返ってみると、同情だとかそういう気持ちは全くおこらなかった。ただ、自分が強いという優越感と相手が醜く崩れ落ちていく様子への好奇心と火炎瓶から発生する火とが相まって、何か得体の知れない感情につつまれた。まさしく、シャーマンが陶酔し、神と交信するような興奮だ。

又、私には二面性がある。ここでジジババの顔面を尖ったスパイクがついた靴で踏んでも、明日には母や妹や父に優しくし、近所の友人にも愛想よく普通に接するだろう。そして、ここでやった悪事は絶対に言わない。私の仮面が日常の世界でバレては困るのだ。優しい私に優しくしてくれる人々は私にとってはかけがえのない人である。そして、ここで命乞いをする人々も私にとっては必要だ。私が優しい人でいるには必要な人々である。それはなぜかって？

それは私の中に二つ相互に矛盾する感情が同居しているからだ。この矛盾を相互に満たさないと私は生きていけない。人に優しくすると、どんどん人を殺したくなる気持ちが強くなる。そして、人を殺したくなる気持ちが強くなると今度は人に優しくしたくなる。両方を満たさないと生きられないのだ。そして、そういう自分自身を私は好きだ。それは正義にかなっているからだ。この善、悪の両面が人生にとっては必要だ。それも、合法という枠の中で収まらなければならない。しかし、私はどうやら合法の枠には収まっていないようだ。合法の中での善と悪のバランスが取れる事。私はそれに憧れているが、どうやらそういった枠に私ははまらないようだ。

そして、翌日の新聞には暴動の事が大きく出ていた。

「死者二十人、重軽傷者百人、逮捕者五十人」

死者は私が踏んだ老人と同数だった。でも、覆面をして、火はあるが、闇夜の暴動の中、どさくさに紛れて、踏み続けた私はどうやら逮捕を免れたようだ。もちろん用心深い私は手袋をつけ、指紋がつかないようにした。おまけにそれだけではない。服の中には沢山の綿をいれて体形を変えた。更には綿をブラジャーの中につめこんで偽のおっぱいまで作って、性別まで変えた。最近は科学技術の発達や管理社会の影響でおもわぬ所から足がつく事がよくある。その典型例が監視カメラだ。間抜けな犯罪者は町中に監視カメラがはりめぐらされている事を知らない。だから、監視カメラの前で堂々と犯罪をやるアホが沢山いるのも事実。おまけに監視カメラも監視カメラとわからないように形状が工夫されている物も多い。

だから、こういう時代に生きている私達は犯罪をする時、特に注意しなければならない。過去の時代は日常の常識で犯罪が露見するか、しないか判断する事ができた。指紋もなかったし、DNA鑑定もなかったし、監視カメラもなかった。善人が馬鹿を見る時代。しかし、今は善人が救われる時代だ。高度な科学技術が悪人を監視し、逮捕するシステムが確立している。最近は令状さえあれば、GPS捜査だって可能なのだ。だから、馬鹿な悪人は完全淘汰される。今、生き残るのは知識と教養で武装した勇気のある悪人ともしくはインテリの相談役と馬鹿で勇気のある実行役で編成された犯罪組織のみだ。

まあ、話はそれてしまったが、家に警察が着てないという事は犯罪が露見はしていないという明確な証拠だ。未だ、堂々とジジババを殺せないのが口惜しいが、それは仕方ない。政治権力をジジババが掌握しているから仕方がない。今の悪さは政治権力がよそ見をしている間に、コソコソ隠れてするしかないのが現状だ。

4

暴動は続いた。しかし、それ以降、私は暴動に参加しなくなった。その理由は暴動が非合法なので私の行なった殺人もリスクが高すぎるからだ。ああいうどさくさに紛れた殺人は（たぶん死んだと思う）一回のみに限る。それ以降は非常にリスクが高い。つまりは警察にマークされやすくなる危険が極めて高くなるからだ。警察は一回目のノーマーク時は非常に脇が甘い。しかし、二回目、三回目の犯罪と回数が重なるたびに監視の目を非常に強くする。おまけに軽犯罪ではない、重犯罪だとその傾向はますます強い。

まあ、とりあえず、私は一定の期間は様子を見る事にした。その間に私とは違ったタイプの吟遊詩人どもが自分の力をわきまえずに暴れまわる事が多くなってきた。今頃、警察は私が行なった殺人を血眼になって探しているが、私はもう暴動に参加していない、警察の考え方は常にマニュアルどおりに動く傾向が強い。であったら、であるだ。つまり、犯罪捜査の手法が経験と科学によって合理化されている。合理化されているというのはパターン化されているという事だ。で、そのパターンさえ見破れば、その裏をかける。この場合、犯人は暴動に参加しているだ。でも、私はしていない。

「なんて、私は頭が良いのだろう？　ウヘヘヘヘッヘ」

私は自分が鬼畜である事が嬉しかった。最近、頻繁に起こっている介護施設でのボケ老人の虐待死もこのような感じで行なわれているのだろう。絶対に抵抗できない者、否、物を嬲り殺しにする快感は癖になる。自分は痛くない。でも、相手は痛い。なんだろうこの感覚は？　楽しいんだよ。自分が痛くなくて、人が痛い事が。自分が将来、痛くなることなんて想像できない。それはなぜかって？　それは、私が今、痛くないからだ。今、痛くない私が将来、痛くなるわけがない。当然だ。そんな事は考えられもしない。

話はかわるが、この何もやっていない期間がもったいなくなってきた。そして、この虐殺に血を染め続けると今度は人に愛を与えたくなってきた。私は虐殺者でもあり、善人でもあるからだ。それは私には重要だ。その為に、先程、踏み殺した老人のポケットからお金をくすねてきたのだ（もちろん、警察の捜査を混乱させる為に物取りの行為に見せかける必要もあった）。このお金で愛する家族に何か買ってやりたい気持ちが強くなってきた。

まず、妹に何を買ってほしいか聞いてみた。

「優子ちゃん、何買って欲しい？」

「おにいちゃん、気味悪い。いつもはそんな事言わないのに」

「とりあえず、何か言ってみてよ」

「後でお金を請求するんじゃないよね」

「私がそんな人間に見えるか？」

「見えるから言うのよ」

私は妹には結構、優しいのにそう思われている事に少しがっかりした。でもいいんだ。綺麗だから。僕の優子ちゃん。妹じゃなかったら、何回、手を出したいと思った事があっただろうか？　彼女は日本料理なのだ。中華料理ではない。今の女どもはありとあらゆる化粧、更には整形までして自分の美を保とうとしている。

つまりは、中華料理なのだ。中華料理は素材そのものの味を変える事に極意がある。ありとあらゆる調味料、焼く、煮る、炒める等の調理技術によって、素材の味そのものを変えている。

しかし、日本料理は違う。日本料理の極意は素材自体の味を生かすのが極意だ。その代表は刺身。究極に新鮮で生でも食べられる魚を醤油と山葵だけの超シンプルな調味料だけで食べるというものだ。つまり、美人に言い換えれば、ナチュラル美人、詳しく言うならば、若いし、素でも美しいので、薄化粧をするだけで誰よりも遥かに美人なのだ。

「なんでも好きな物を買ってあげるよ。何がいい？」

「気味が悪いから、いらない」

ここまで、妹が言い張るのは珍しいと思った。私に対して何かの勘が働いたかもしれない。確かにケチの私が妹に何かを買ってやるというのは非常に珍しい。おまけに、私の儲けた金に毒が含んでいるというのに薄っすら気づいているかもしれない。

「とりあえず、何か言えよ」と私は怒気を含んで言った。

「耳につける花のブローチが欲しい」と妹は諦めた様子で話した。

「よし、買ってやる。特別高くて、高品質の物を買ってあげるからな」

妹は不信感丸出しの顔で私を眺めた。しかし、私はその顔を怒気丸出しの顔で眺め返した。そして、ついに妹は諦めたのか、一つ、ため息を大きくついて、頷いた。私は金の出所を妹に聞かれるのをヒヤヒヤしながら、尋ねていたのだが、最終的には私が勝ったのだった。

これで、妹は私の血で染まった金で、おしゃれをする事になる。私は老人どもを踏み殺したスパイクについた血を思い出した。これで、妹は私の手に落ちたのだ。私の物になったのだと感じた。

次に母親に何を買ってほしいか聞いてみた。

「お母さん、何が欲しい？」

「金しかいらん」

私はなんという糞婆だと思った。息子が親孝行の為に何か買ってほしいか尋ねているのに、「金しかいらん」とは・・・。とりあえず、若い頃からこんなにひねくれてはなかっただろうに。若い頃は妹のように純粋で可憐な乙女だったはず。ヤンキーでありながらも可憐な乙女だったはず。私は少し悲しくなった。今では、ワイン樽とあまり変わらない腰の太さだが、精神的な腐敗がここまですすんでいるとは・・・。

「なんかいってよ。親孝行がしたいのにできないよ」

「しなくていい。金が欲しい」

「この糞婆め！　金と一緒に死ね」

「それでも私の息子か！　金を出せ。金こそ親孝行だ！」

私はもうこれ以上言う事は諦めた。こんどは妹とは逆に私が折れたのだ。内心ではこの豚野郎と思って、母親でも激怒していたが、これ以上言う事はできなかった。私は犬に餌を投げるように三万円を母親に投げ捨てた。母親はそれを一瞬の隙も見せる事なく、すぐに拾い上げるとポケットにいれて、こう言った。

「それで、こそ我が息子」

私は少しくらい親孝行した気持ちになったが、なんだかあんまり気がパッとしなかった。私のひねくれている性格はこの母親に似ているのかと思わざるをえなかった。この金もスパイクについた血の金であるが、母親のこのような態度では何の感覚も沸き起こらなかった。

最後に父親に何を買って欲しいか聞いてみた。

「お父さん、何が欲しい？」

「何もいらないよ」

「何でもいいから言ってよ」

「家族が健康で幸せである事が一番だな」

私は何て良い父親なのだろうかと思った。我が家族の良心である父親。この父親の為に家族はみんなバラバラにならずにすんでいるのだ。その事を思うと私は自分自身の事を糞野郎としか思えなくなってきた。しかし、とりあえず、父親に欲しい物を聞かないと私の気持ちはすっきりしない。

「何でもいいよ。遠慮しなくても、好きな物を言ってよ」

「そんなに言うなら、財布かな」

「財布」

「そう、財布だよ。もう、三年も使用しているので、中がボロボロなんだよ」

私は殺した年寄りの財布の事をふと思い出した。ポケットから財布ごと金を盗んだので、財布も持っている。しかも、相当に高級な財布で新品同然だ。これをこのまま父親に渡そうかどうか考えた。老人の血にまみれた財布を渡す時に、私はお金で買った物よりも何か勝ち誇ったように感じるのだ。何かを圧倒したような気持ちになるのだ。しかし、感の良い父親に犯罪の臭いを感じ取られるのが怖かった。だから、仕方なく、お金で新しい財布を買う事にした。

これで、家族へプレゼントする物はすべて決まった。私は殺した老人が自分の体の一部になったような気がした。これはどのような感覚かと問われるならばこう答えるだろう。動物の脳味噌を食った感覚だ。一日前まで元気に生きていた動物の脳味噌を腹いっぱい食べて、それが自分の歯で噛まれて、ペースト状にされ、胃で消化され、吸収される感覚だ。つまりは勝ち誇った全能感だ。別の例えをするならペリカンが生きた小魚を食べる。そして、その小魚が腹の中で動いているのを楽しむような感覚だ。

そして、その全能感は性欲に直結する。私はその晩、自分が家族にプレゼントする事を布団の中で想像し、更には殺す前の老人の命乞いの声を思い出して射精した。その日、私は神になった気分だった。

5

暴動は更に酷くなってきた。私はこの暴動は一時的な物で警察によってすぐに鎮圧される物だと考えていたが、どうやら状況は益々面白くなってきたようだ。ここで一発、革命が起こって欲しいと私は願った。コソコソした殺人はしたくない。堂々と人を殺したいのである。まるで、合法的に認められた狩猟のように殺したいのである。

隠れて人を殺すのは健康に良くない。私は健康に人一倍敏感である。健康に秘密は良くない。健康一番、元気一番と考えている。だから、今、警察に内密に行なった殺人に対しては、最初は良かったが、今はすっきりとした気持ちになれない。「社会のゴミという老人を殺して、何の罪になるんだ？　俺はこの日本という国に元気と活気を与えてやりたい。老人という重りに足を取られて、元気を無くしている若者、中年に生きる元気と活気を与えてやりたい。俺は善人だろ？」と警察に堂々と言いたいが、現実には言えない。警察の中にも私の意見に賛同してくれる人も沢山いるだろう。しかし、未だ、外に意見が出せる程にメジャーな力ではない。

私は今、非常にびくびくしている。私が行なった悪事が発覚しないか怯えているのだ。だから、今は狩猟どころか、狩られる獣だ。警察という猟師に怯えている弱い獣。従来、私は非常にプライドが高い性格であり、このような惨めな状態に耐えられない。家の布団の中に隠れて、その僅かな隙間から、ニュースを見て、自分の行なった犯罪の捜査がどの程度進んでいるかを確認するのが日課になっている。時にはパソコンのインターネットで自分の犯罪を調べる。検索エンジンで何度も、何度も念入りに調べる。そこで、警察の調べている犯人像が自分と違っていると大喜びし、自分に近いと恐怖に震える。私は死にたくない。生きたい。人を食ってでも生きたい。私が何を悪い事をしたんだ？　社会のゴミを掃除しただけじゃないか？　高利貸しを始末しただけじゃないか？　高利貸しを殺してどこが悪いんだ？

しかし、私が殺した人数を換算すると、今の法では死刑にならざるをえないだろう。明確に死刑。どうみても死刑だ。否だ。死にたくない。私は死にたくない。でも、社会のゴミである老人の掃除は行ないたい。この矛盾した気持ちをどう処理すればよいのだ？

「わあああああああああああああああああ」と私は大声で叫んだ。

今にでも警察が嗅ぎつけて、家に来るかもしれない。だから、革命が起こって欲しい。革命さえおこれば、何かが変わる。老人政治家中心で占められている腐敗した政府が変われば、私が認められる世界が来るかもしれない。政府の中で少しでも権力を持つ位置にいれば、自分で行動して世の中を変える事ができるかもしれない。だが、吟遊詩人である私に何ができるのだ！　祈るしかない、願うしかない。世の中が自分の理想の世界に変わるように神社や寺や教会で願う事しかする事はない。

しかし、その前に警察がきたらどうしよう。革命が起こる前に警察がきたら、ジエンドだ。私は急いで、家の玄関に行って、戸を開けてみた。まだ、警察はいなかった。私は安心した。だが、内心、私はもう精神病か何かではないかと思わざるをえなかった。おまけに、犯罪に関わる事なので精神科医にもその事はどうしても言えなく、治療すらも受けられない。だから、想像の中でいつも精神科の医師にこう言うのだ。

「先生は精神科の医師だから、私を無罪にできるでしょ」

だが、現実に精神科医に私のやった犯罪を言えば確実に密告される。こいつらはプロなのになんで私のやった犯罪を密告するんだよ！　おかしいじゃないか？　プロだろ！　プロ！　プロなら腹の中で犯罪くらい黙っていろよ！　だまらないと俺が精神科で治療をうけられないじゃないか？　なんなら、俺がやった犯罪を自分がやったと肩代わりできるだろ！　プロなんだから、なあプロだろ！　だから、俺の精神を治療しろよ。ところが、現実に精神科医に行っても、本当の事は言えない。嘘を言って、SSRI等の薬を出させるのが限度だ。本格的なカウンセリングは受けられない。

家に居れば、いつも自身の犯罪が露見しないかを考える。おまけに、犯行現場に行く事もよくある。なぜ、犯行現場に行くかというのは罪悪感からではない。そこに、万が一、私が証拠を残してきたのではないかという事が気になるからだ。もし、証拠が残っていないと思ったら、その日は天にも昇ったように幸福な気持ちになる。証拠が残っていると考えれば、その日は絶望して、布団に包まってふくれながら寝る。もちろん、犯行現場に近づくというリスクも良く知っている。犯人のやりそうな事は犯行現場にあらわれるだ。この事は警察も熟知している。だが、どうしても犯行現場に近づくのをやめられないのだ。監視カメラが沢山配置されているかもしれないのに。

こういうのを考えるとやっぱり人間という動物は感情の動物と言わざるをえないと思う。犯行現場に行ったら、どうみても逮捕される確率が高まるのは明白だ。犯行現場に頻繁に行く事は新たな証拠を出し続けるのと同じだ。しかし、どうしても我慢できない。知性よりも感情が我慢できない。そんな事はどうでも良いのだ。ただ、ただ、自分が安心できる証拠を見つける為に犯行現場に行くのである。

とりあえず、私は誰かに話さずには自分の精神を保てなくなってきた。それははっきり言って、明確にしておくが、被害者への罪悪感が理由ではない。恐怖心と自己保身からだ。高利貸し（老人）を殺しても罪悪感等痛むわけがない、自分が大切で、警察が怖くて、その亡霊に取りつかれているから、誰かに話したいのだ。

だから、かわいい妹にそれとなく匂わせてみようと思った。あの美しい顔に慰めてもらいたい。美しい顔は何をしなくても、男の心を慰める。美とは素晴らしい。美は人間に秩序という安心感を与える。すべてが法則的に存在するという事実。基本は幾何学的法則によってなされているし、人間にとって本能的に感じて無害な物質もしくは、有用な物質で形成されている。法則によって、秩序だった人間にとって無害な物質、あるいは有用な物質で形成されている世界は人間にとって未来が予測可能で、安全が約束されている。その安全に飛び込みたいので、妹に慰めてもらいたいのだ。

「お兄ちゃんが警察に捕まったら心配？」

「なんでそんな事を言うの？」

「ん、なんとなしに聞きたくなったの」

「悪い事したんじゃないの？」

「そんな事、お兄ちゃんがするわけがないじゃん」

「確かに、万引きすらした事がないお兄ちゃんがそんな事はしないと思うけど、でも不気味だわ」

「慰めて欲しい」

「本当に何かあったんじゃないの？」

「そんなわけないじゃん、ただ疲れているだけだよ」

「それならいいけど、何かあったら言ってね」

妹は何か私に対して、感ずる部分があったが、はっきりとは気づかなかったようだ。

今までの人生で私には前科はない。万引きすらした事がない。そのような人間が突然、凶悪犯罪を起こすとは誰も考えられないだろう。ましてや殺人をするとは。

次に母親に慰めてもらおうと思ったが、美がないので、それは止めた。あのドラム缶のような体では男を慰める事はできないだろう。美がない女には慰めてもらいたくない。美のない女は失敗作である。自分の母親を失敗作とは言いたくないが、それが現実。人間として母親は問題ないが、女としては駄目である。

更には父親にも慰めてもらいたくなった。しかし、父親は直感が鋭いので、私の奥の気持ちまで読む事ができる。これは危険だ。財布の件でも考慮した事だが、人間のささいな表情や言葉のイントネーションやしぐさで心の中の大部分を読む事ができる人がマレにいる。そういう人種の前では私の誰かに話したいという弱気は致命的な失敗になりかねない。

おまけに私は男が嫌いだ。あの筋肉質のゴツゴツした肉体、可愛くない低い声、何が良いのかまったくわからない。ホモがお互いなぜあんなに魅かれあうのかがわからない。その点、レズの気持ちは理解できる。あの脂肪質のやわらかい体、高くて赤ん坊を思い出させるような高い声。素晴らしい、まさにレズは芸術なのだ。

妹には慰めてもらったが、何か釈然としない気持ちが残ってしまった。それは所詮、慰めであって根幹的に問題が解決したわけではないからだ。犯行現場に行って、証拠を残してないと確信して帰ってくるほうが、まだ良く眠れる。最近は睡眠不足が酷い。このままでは精神が肉体を潰してしまう。なんとか心の平安を保たなくては、その為に、犯行現場に行っていたが、これ以上行くとあまりに危険すぎる。

その時、つい、私の死刑執行のイメージが頭の中によぎった。

（ここは死刑執行室、僧侶のお経を読む声が聞こえてくる、ナンマンダー、ナンマン

ダーと聞こえてくる)
死にたくない！　死にたくない！　私は生きたいという強い思いにかられながら刑務官に囲まれていた。しかし、あるＴＶニュースが耳元に飛んでき、その妄想も雲のように消えていった。それは介護老人施設で、寝たきり老人に肘打ちをくらわせたり、パンチをしたりして肋骨等の骨を折って、死亡させていた女性看護師に殺人罪が適用されなかったというニュースだった。つまりは殺意が立証できないので殺人罪にはならないという事だった。
もしかしたら、私にも殺人罪が適用にならないかもしれない。私が使用した凶器は所詮、尖ったスパイクだ。ナイフではない。殺意さえ立証できなければ、私は死刑になる事はない。傷害致死罪か何かで暫くの間、刑務所にいけばよいだけだ。しかし、女性だから、殺人罪が見送られた可能性がある。女が死刑にはならないように日本はできている。女優先社会だ。生活保護も女性優先で支給される。このような社会では、男の私が死刑にならないと断言はできない。

私は徹底的に自分が死刑にならないかインターネットや図書館で調べた。人を殺す場合にはどのような凶器だと殺意が立証されるかを徹底的に調べた。しかし、結論はよくわからないというのが真実だった。弁護士ごとに意見が変わる事があるし、判決を決める裁判所さえ、判例を時代の流れによって変えている。ただ、尖ったスパイクではナイフと違い、殺意を立証できない事もあり、私は助かる可能性があるのは理解できた。

私は自分の事を幸運だと思った。別に殺意がないがゆえにナイフを使用しなかったわけではない。殺意満々で老人に屈辱的な死を与えるには尖ったスパイクで死ぬまで踏みつけてやるという事が必要であった。ナイフで老人を殺す事は相手にそれなりの敬意を払って殺す事になりかねない。それは嫌だった。徹底的に侮辱してから老人を確実に殺してやりたかった。それが今回、この幸運に繋がったのだ。まさに、運としかいえないような物であった。

私はその日は気分が非常に良かった。生きられる。生きる事ができる。老人は火葬場に生き、燃やされ骨になった後、骨壷の中に入れられ、暗い墓の中に閉じ込められて、皆からすぐに忘れられる。だが、私は太陽の中で健康的に沢山の飯を食い、健康的な生活ができるのだ。私は勝ち誇ったような気分になった。完全に躁状態だった。

6

暫くの間、そのウキウキ状態は続いた。まさに、ベトナム戦争の中で数年間怯えた兵士が本国に帰国したような状態だった。すべての物が素晴らしく見えた。生とはこんなに素晴らしい物だろうか？　テントウ虫は赤い宝石に見え、太陽は天国からの光に見えた。水は青く、透き通って、南国の海のようだった。

だから、暫くは私がおこした殺人をすっかり忘れて、普通の生活に戻る事ができた。普通の生活がこんなに素敵な物だとは！　命の保障が約束されている生活。これがこんなにも素晴らしいものだなんて！　警察の事は全く、頭になかった。ただ、この輝いた生活を楽しんだ。

とりあえず、今はまだ暴動も続いて危険な状態だ。思慮のない人間は私の代わりに暴れて、死刑になるような罪を犯している。このままこの暴動が続けば、私のやった殺人をその思慮がない人間になすりつける事ができる可能性が高い。その場合は死刑どころか、完全に無罪だ！　懲役刑をくらう事さえない。

「完全無罪！　完全無罪！　完全無罪！」と私はスキップしながら家の中を歩き回った。

その声を聞いた、直感の良い父親が「何が無罪だ？」と質問してきた。

私は一瞬ギクリとなったが、すぐに感情が出た表情を隠した。

「なんでもないよ」

「何か隠しているだろ？」

「隠してないよ」

「お前には何かを隠す事は無理だ。すぐに感情が表情に出る」

「だから、隠してないよ」

「嘘をつくな！　何か父さんに言ってみろ」

「だから、何でも無いって言っているだろ？　クソジジイ」と私は少しキレながら話した。

「クソジジイだと！　それが親に言う言葉か」

「うるせえジジイ、クサイんだよ。クセエ、クセエ、クセエ」と言い終る瞬間に父親のパンチが目に飛んできた。そして、世界が真っ暗闇になり、意識が無くなった。

そして、一時間はスヤスヤと眠っていたと思う。目が覚めるとそこには母親の顔があった。私を心配そうに見つめていた。

「何かあったのかい？」

「何でもないよ」

「心配事があったら、言ってごらん」

「何でもないよ」

「もし、心配事があったなら、人に話を聞いてもらうと、気持ちがスッキリするよ。ほら、言ってごらん」

私は言いたかった。老人を大量に殺害した事を言いたかった。言って、楽になりたかった。もし、私がこの殺人を話しても、家族は隠蔽してくれる事は明らかに知っていた。だから、話したとしても、私に影響が無い事は明らかであるが、疑心暗鬼の塊で家族にですら、本当の事はあまり話さない警戒心の強い私はとうとう話さなかった。

だから、家族はもう諦めたような様子だった。前科もない基本優等生の私がそのような重犯罪をするとは夢にも思っていないはず。どうせ頭の中で思い描くのは何かしょうもない事で悩んでいるのだろうという偏見しか残っていないはず。普通はそうだ。今まで犯罪をした事がない人間が犯罪をするなんて、誰も夢にも思はない。直感の良い父親ですらそう考えるに違いない。こんな時に私の普段の素行の良さが役に立つとは思わなかった。

しかし、何で母親に悩んでいるの、何か心配事があるのと聞かれるのだろうか？そんなに私は心配しているように見えるのだろうか？　ここまでは警察の気配すら感じない。もしかしたら、私の中には何か人には隠せない不安が無意識にこびりついているかもしれない。今の所は非常に上手くいっている。無思慮な荒くれどもは私の犯罪を見えにくくしているし、万が一、捕まっても、殺意を立証できない。殺意を立証できなければ、私を殺人罪にする事はできない。殺人罪にならなく、例えば傷害致死ならば、私を死刑にする事はできない。なら、私は懲役十年程度ですむ。

私は今、自分は助かると確信している。死刑は絶対にない。おまけに、懲役刑にもならない確率がほぼ確実と確信しているのになぜ周りからは不安に見えるのだろうか？　気になって仕方がない。だが、確信しながらも、老人虐待のニュースを調べては、自分が安心できる情報をつかみ出し、頭の中に溜めておく。テレビもネットも使用して、情報を集めている。安全を確信しながらも、情報を調べるのである。この矛盾した行為の中には潜在的不安があるかもしれない。

「もしかしたら、もしかしたら、捕まる」という言葉が心の奥に潜んでいるかもしれない。最近、介護老人施設の男性職員が寝たきりのボケ老人を二階から投げ落として、殺害するという事件がおき、その判決も決まった。殺意が立証されて、殺人罪になった。それより、尖ったスパイクで踏み殺した方がだいぶ軽いじゃないか？　どうみても殺人罪にはならないだろう？　否、男だから殺人罪になったかもしれない。前の似たような事件では女性は殺人罪で起訴されていない。

ここから、考えると私の気持ちはぐらついていた、助かるかもしれんし、助からんかもしれん。時には助かると強く思い込んで、ウキウキした気持ちになるのも、実は助からないかもしれんという気持ちが少しあるからかもしれない。助からんという気持ちが僅かでもあるからこそ、助かるという気持ちが麻薬のように気持ちいいんだ。

この不安の中を揺れ動くのは生きているここちがする。普段の約束された生ではなく、約束されていない生は苦難の悩みもあるが、生きていて気持ちが良い。特にゲームだとかの模擬世界に熱中できない大人には麻薬だ。普段の私は死んでいた。生きながらにも死んでいたのだ。死んではいるのだが、安全だった。気持ち悪い安全だった。

今は、強い不安と強い快楽の両方を行ったりきたりしている。強い不安の時は精神科医に相談したくなる。でも、相談できないので発狂しそうになる。その発狂が、ネットやテレビにより安全な証拠が見つけられ、天にも昇るような気持ちになる。この気持ちは例えば、遊園地のジェットコースターのような感覚だ。高い所にいる時は助けて神様と祈り、低い所にいる時は幸福な安心感につつまれる。

先程にも言ったが、もっとも理想なのはこんな所でコソコソと警察に隠れて犯罪をする事ではない。堂々と血が見たいのだ。隠れながらやるというのは快楽につながる部分も多いが気持ち悪い。堂々と殺しあいたいのだ。堂々と人を殺していると宣言したいのだ。後ろめたさのなく、血を求める事、例えば国際法に認められた戦争等は人類最高の快楽かもしれない。法によって人々の脳味噌が土に散乱する。血が吹きでた目玉も土に散乱する。それも誰からも咎められる事はない。職業は何かと聞かれたら、兵士もしくは戦士と答えられる。世間体も悪くない。殺人者と兵士もしくは戦士は明確に違う。人を殺害する職業は古代からある。私もこのような職業につきたい。しかし、殺人者は職業ではない。犯罪者だ。人に隠れてコソコソ悪事をする、決して誰かを殺した事は公言できない。

「なぜ、私がコソコソ隠れなければならないのだ？　私は隠れるのは嫌だ」

この隠れるというのは何か私は悪い事をした気になる。殺人でも堂々と殺したと公言できるなら、悪い事をした気にならない。だが、隠れるというのは罪悪感を増加させる。ちなみに、老人の殺害には罪悪感は殆どない。しかし、その殆どないものが隠れる事で増加されるような気持ちになるのだ。おまけに、警察に追われる狼のような状態も精神的に良くない。

具体的に私の理想を言うなら、こうだ。

「ねえ、君の職業ってなに？」と可愛い二十代の女性が質問した。

「私の職業は老人殺害専門の兵士だ」

「キャッ！　かっこいい、私を抱いて、私のお腹を百回はらませて！」

「ＵＳＡ、ＵＳＡ、俺はアメリカだーーー」と私が筋肉モリモリの体にマッチョポーズを決めている。

　素晴らしい！　素晴らしすぎる。凄まじい妄想だが、これが私の理想とする所である。ああ、アメリカになりたい！　アメリカみたいに人を合法的に堂々と殺したい。殆どアメリカに文句を言う国はいない。アメリカ同時多発テロ事件（ワールドトレードセンターに飛行機が衝突したテロ）で多数のアメリカ人が死んだ。

　しかし、アメリカがその代償を払わす為に起こした戦争ではもっと多くの無実の市民の血が流されたらしい。つまり、アメリカは自分の国を守る為に沢山の無関係な人間を殺害したのだ。でも、犯罪に問われない。堂々と人を殺したと公言できる。このように私はなりたいのだ。

ああ、憧れのアメリカ合衆国、今度はどこの無辜の市民を虐殺するのだろうか？でも、その虐殺は犯罪ではない。ああああああああああああああああああああ、アメリカになりたい。ベトナム戦争で大量の枯葉剤をまいて、関係のない市民を大量に障害者にしても罰せられないアメリカ、広島、長崎に核兵器を投下しても罰せられないアメリカ。

私は家に置いてある星条旗（アメリカの国旗）に星（この星はアメリカの州を意味している）が沢山書いてある部分に赤い日の丸を入れてみた（これはアメリカの州の一つとして日本が加わったという事を意味している）。

「ああ、私もアメリカになりたい」と言いながら、私は深いため息をついた。

7

とりあえず、かなり抵抗があったが、精神科医の治療を受ける事にした。精神的にビクビクしている時がかなり苦痛だからだ。確かに警察に見つからないという証拠を得た時は安心で幸福の絶頂だが、ビクビクしている時は苦痛だ。この苦痛が幸福に繋がっているのは確かだが、苦痛で気が狂いそうになる事も多い。この苦痛を無くした幸福だけというのが欲しいんだ。苦痛なしの幸福だけが！

しかし、精神科医に真実は言えない。どうすれば良いのだろう？　できれば、私の表情や言葉の癖から、私の言いたい事を感じ取って欲しい。犯罪の事は知って欲しくはないが、私が苦しんでいる「ボオッ」とした理由くらいは知っていて欲しい。その「ボオッ」とした理由で治療くらいはできるだろう。できないと困る。それじゃないとプロ失格だ。

私はどのような病院に行こうかと調べた。犯行現場に近すぎる病院ならば、何かをきっかけに情報が警察に伝わるかもしれない。それは避けたい。その為には犯行現場から少なくとも二十キロは離れている病院でないと安心できない。医師もどのような人を選ぶべきであろうか、女か男か。否、女に決まっている。女にしか悩みを相談したくない。女はかわいい。女は柔らかい。女は優しい。その反対に男はキモイ。男は硬い。男は厳しい。とりあえず、柔らかい美人女医をネットで検索してみる事にした。でてくるわ。でてくるわ。美人女医というものが沢山でてきた。しかし、女の写真は信用できない。女の写真は実際の容姿の三倍は美しくなっている時が殆どだ。実態を反映した写真がでてくる事はまずない。一番酷い例は顔写真が美人の女がいた。けれども、実際にあってみると顔の目鼻立ちだけが整っていて、顔が異常に大きく、背丈も足も短いので三頭身に近い容姿だった。ああいうのは最悪だ。だから、写真は信用できない。

しかし、現実はこの信用できない写真から美人を判定しなければならない。おまけに病院のホームページには年齢が書かれていない。年齢どころか、学歴も書いていない。私は私大卒の医師にはみてもらいたくない。国立医学部卒の医師にしかみてもらいたくない。最悪なのは写真だけが綺麗な私立大学医学部卒のブスババだ。なんとかしてこれだけは避けたい。

私は頭の中で美人女医に慰められる想像をした。

「マンマ、ニャニャ」

「どこが悪いの？」

「ニャニャ、オツムだ。ニャニャ。薬が欲しい」

「なんの薬？」

「SSRIだ。ニャ」

「ハイ、後で処方してあげる」

「否だ、SSRIを噛んで口の中に入れてニャ」

美人女医はSSRIを噛み噛みして、殆どペースト状にした後、それを大量の唾液で溶かして、殆ど液体にしてしまった。それを自分の口で私の口の中にいれてくれた。素晴らしい。なんと素晴らしい。病院を完全に風俗にしてしまうような妄想。こんな天国のような世界があれば良いのに（あるわけねえだろ、笑）。

とりあえず、冗談はともかく病院を探さなくては、今の精神状態はきつすぎる。美人女医という妄想は諦めて、なんとかしなければならない。私はとりあえず、誰でも良いので犯行現場から五十キロは離れた病院があるかどうかを調べて、診察を受ける事にした。二十キロくらい離れているだけでもよかったのだが、警戒心が非常に高い私は更に警戒するという意味を込めて、距離を伸ばした。距離を伸ばすだけ、私の負担にはなるのだが、仕方ない。

それにしても、革命、革命さえ起きてくれれば、こんなクソみたいな悩みもすんなり消えるのに。クソー、今もテレビで暴動が続いて起こっている事が報道されているが、なにせ、政府の力が強すぎて、若者を中心とする暴動勢力を簡単に鎮圧してしまう。面白くない。しかし、ジジイの命令を聞いて、若者主体の警察や自衛隊が同じ若者を中心とする暴動勢力を弾圧して何が楽しいのかと百回聞きたいのだが、あいつらも強い者にはまかれろという考え方なんだろうなあ。妻や子の生活をすべて負う責任から、自分の考えで行動できない。政府の犬とならざるを得ないというのが現実なんだろう。

診療に行く前に何を言うか考えなくては、まさか犯罪の内容を明らかにして治療をしてくれというわけにもいくまい。どのように言えば良いだろうか？　例えばこんな感じでは。

「先生！　私は十年も昔に、罪を犯してしまいました」

「どんな罪ですか？」

「秘密です」

「秘密じゃ治療にならないです。心配しなくても良いから言ってみなさい」

「じゃあ、私の持っている空気や表情から推測してください」

「そんな事無理に決まっています」

「私は人の言葉からしか治療できない医師は三流と思っています」

「それなら、他の医師に行ってください」

「私はすべてを言葉で聞くしかない人間は指示待ち人間と同じクズと思っています」

「だったら、帰れ」

私はその瞬間に脳内で髪をつかんで医師をパンチにより、半殺しにした。医師が空気や表情から精神病患者の症状を読めないのはヤブに決まっていると思ったからだ。

昔、会社の先輩に言われた事がある。いちいち言葉を必要とする奴は三流だと、すべての人間の感情を主体的に人の表情や空気から読む人間こそが真の一流であると。医師もそうなるべきである。

しかし、なかなか上手い方法が思い浮かばない。更に病院に行けば、まず確実に保険証の提示が求められる。それで、身元が筒抜けで本音もしゃべれない。保険証を忘れたと言って、氏名、住所を偽造しても、せいぜい一回か二回程度は成功できるくらいだ。継続的な治療を必要とする病気では一、二回の治療では意味が無い。特に精神病と言う継続的な治療が必要な病気では適応が難しい。

こう考えると現代はまさにスーパー管理社会なのだ。すべての個人情報が国家の手に握られている。マイナンバー制度なんてまさにそれを代表するものだ。すべてが筒抜けだ。今の時代に国家の管理下にない事は殆どない。前科もあるかどうかもわかるくらいだ。つまらん世の中になったものだ。中世の時代は国家が民間にここまで関与する事はなかった。昔は医師も免許制ではなかった。私は医師と言えば、ヤブでもなんでも医師だった。今は免許制度によって国家が医師も厳格に管理している。もちろん、健康保険もなかったし、何にもなかった。だから、犯罪者でも国家の監視を逃れて上手く生きていく事もできた。写真もないし、あっても人相書き程度なのでごまかしも効きやすい。

「ああ、つまらん時代になってしまったなあ」と私はふと呟いた。こんな窮屈な時代の中に生きているといっそ核戦争が起こって欲しいと思う時がある。核戦争さえ起これば、既存の秩序のすべてが崩壊する。

前科もなくなり、戸籍も消滅し、免許もなくなる。もちろん、マイナンバーもなくなり、職歴もなくなり（今は社会保険の加入期間で職歴もわかる）、学歴も卒業証明書を発行する事ができなくなるので、なくなる。更には家も核兵器によって、すべて吹き飛ばされるので、誰の土地かの位置把握が不可能となり、土地の財産的価値も失われる。オールリセット、完全なオールリセットの状態だ。

そして、色々な人に話しを聞くと、人生をやり直したいとか生まれ変わりたいとかの言葉をよく聞く。でも、実際にはそんな事は不可能だ。自分が生まれ変わる事はできない。しかし、核戦争は違う。実際に起こる確率は少ないが、起こる可能性があるものだ。だが、私はここまでは求めない。ただ、革命が起これば、起これば、既存の秩序の大部分は変化するものだ。それを強く望むのだ。

私はしばらくの間、何もできない状態になってしまった。躁鬱の状態を常に繰り返しながら、ほぼ無抵抗な状態になってしまった。どうしても、精神科医に診療してもらう方法を思いつかなかったからだ。

「クソー、クソーなんで俺だけこんなにつらい目にあうんだよ！　なんでこんなに世の中は不公平なんだよ！」と私は大声で叫んだ。それも家族が誰もいない時をはかって叫んだ。家族にこれ以上心配をかけるのが嫌だったし、深層を探られるのが不快だったからだ。更に私は自分の部屋の中のあらゆる物を手にとって放り投げた。今まで読んだ小説や卒業アルバムやエロ本が部屋に散乱した。部屋はゴミ屋敷のように汚くなり、その散乱した物の隙間からゴキブリがでてきた。

「あひひひやややややややややややややややあ！」と私は気が狂ったように叫んだ。できればこんな意味がわからない事を叫びながら、体に「完全無罪」という字を墨で書いて、全裸で繁華街を猛ダッシュしたかった。猛ダッシュしながら、美人に「私は無罪ですか？」とひたすら質問し続けたかった。テレビでよく見る光景の改造版だ。

しかし、現実は隙間からでてきたゴキブリに対応しなければならなかった。なんで俺様とあろうものがこんなクソに対応しなければならないのだ！　私は自分の机にむかって歩いた。そして、鉛筆等の文房具を入れている箱からハサミを取り出し、ゴキブリの方に向かった。こんな機嫌が非常に悪い時にでてきやがって！　空気の読めないクソ虫め！　お仕置きしてやる。近くに殺虫剤があったが、私はあえてハサミを選んだ。ゴキブリは雌で美男の私が残酷に頭を切断すると喜ぶにちがいないからだ。

そういえば、私が高校生の時にゴキブリを捕らえるトラップの中に張り付いて動けない雌のゴキブリがその中で卵を産んだ事がある。そして、その卵が孵化して、沢山の赤ちゃんゴキブリがトラップの中に百匹以上、粘着テープで磔の刑にされていた。

その時、私は赤ちゃんゴキブリの前で親の雌ゴキブリをハサミで切断し、その後、数百匹の赤ちゃんゴキブリに殺虫剤をかけて、全滅させた事がある。僅か、運よく磔にならずにすんだ一匹か二匹程度の赤ちゃんゴキブリを逃がしたが、あの時は楽しかった。

なんという不運！　卵から生まれた瞬間に粘着トラップにかかる運命だとは！　生まれて僅か数時間の命！　粘着トラップにくっつき必死に可愛い足を動かしながら、助けてと言っている。しかし、私は殺虫剤を容赦なくかけた。人間の原始的な要求に突き動かされて、ゴキブリの赤ちゃんを全滅させた。その原始的な要求というのは血を求めるという心理。人間がいかに文明で洗練されていたとしても絶対に求めてしまう心理。

私は突如、ハサミをアメリカの爆撃機のように装った。

「空襲警報、空襲警報発令！ ブーン、ブーン、ブーン」と私は何度も叫んだ。

その間、ゴキブリは私の顔の様子を眺めていた。こいつは今から何をするだろうという不思議な目でみていた。私は爆撃機のマネをしながら、ひたすらゴキブリをハサミで切断するチャンスをねらっていた。ゴキブリと私の睨み合いは続いた。それは爆撃機が勝つか、それとも大日本帝国臣民が勝つかの真剣勝負だった。私はゴキブリの隙をひたすら伺い続けた。

そして、ゴキブリがパソコンのキーボードに登った。

「原爆投下！」と叫びながら、私はゴキブリをハサミで切断しようと猛烈なスピードでハサミをゴキブリの頭と胴体を繋いでいる間節に近づけた。しかし、ゴキブリは私をあざけ笑うように、畳の隙間へと素早く逃げていった。

「クソ虫まで、俺をコケにしやがって！」と私は涙ながらに叫び、ハサミを壁に放り投げた。

8

私はもう考える事ができなくなっていた。精神的に追い詰められていた。迫り来る逮捕されるかもしれないという亡霊に怯えていた。もう、私は亡霊に取り付かれた哀れな子羊でしかなかった。亡霊に何の抵抗力も持たない子羊であり、このような子羊状態では何も考える事はできなかった。ただ一つは何のアイデアも考える事なく、精神科医に駆け込む事しかできなかった。どの精神科医に見てもらいたいかどうかという選択も考える事ができない。ただひたすら、ただひたすら神から直接的に救済されるように精神科医に行くしかなかった。

私は土曜日の昼から精神病院に行く事に決めた。完全無防備な状態でいく事に決めた。私の犯した犯罪を告白しよう、告白して楽になろう。このまま一生、捕まるかもしれない、死刑になるかもしれないと怯えながら暮らすよりはいっそう犯罪が露見して、死刑になるほうが良い。ビクビク怯えながら暮らすのは絶対嫌だ。恐怖の中の生存よりも、確定した絶望だ。その方がまだ、死刑になるまで人間らしい暮らしが期待できる。しかし、人間という者は不思議な物だ。そんなにビクビク暮らす事が死刑確定や刑務所に入れられるよりもしんどい事だとは。この隠すというのはよほど自分が正しい事であると確信していないとどうしても自分が何か悪い事をしたという気持ちになる。もし、正しいと確信していれば、隠す事が明らかにバレてもしんどいとかそういう気持ちにはならないものだ。

こういった心理につけこんで警察は被害者に状況証拠を突きつけて、自白に導こうとする。弁護士等に頼めば、そのような状況証拠に対して、いくらでも言い逃れる方法は見つかる。しかし、警察は状況証拠とその悪い事を隠すのが気持ち悪いという心理を利用して自白に追い込む。

まあ、こんなしょうもない事を考えても仕方が無い。とりあえず受診しに行かなくては。私は家の前にタクシーを呼び、それに乗って大学病院に向かった。

大学病院はドヤ街から少し坂を上がったオフィス街にあった。日本一高いビルディングが少し前に周辺に建設されており、観光スポットとして、とても有名であった。その他に、近くには百貨店や大きな映画館の入った商業施設も立ち並んでいるような場所だった。

私は大学病院の受付に行き、精神科に受診できるように手配した。その間に久しぶりのアルコールくさい病院特有の臭いを満喫していた。このアルコールの匂いは子供の頃から何か安心できるような気持ちになるのだ。落ち着いたアルコールの匂いは安全の匂いだった。子供の世界から大人の世界に入り、大人の保護を受ける事を象徴するものであった。小学生の頃に、学校になじめなく、不登校ぎみだった小学生がアルコールの匂いのする保健室に入り浸る気持ちが、今の私の気持ちに近かった。

私は突然、受付係から声をかけられて、このアルコールの幻想から現実の世界に戻ってきた。そして、精神科の場所を教えられて、そこに向かった。私は待合室についた。それにしても精神科というものは特有の空気があるものだ。普通の内科や外科と違う独自の空気に包まれている。

周りには一人でブツブツしゃべっている人間や寒くないのにブルブル震えている人間とかなんというかなんともいえない感じである。又、ここで特に目を凝らして見たのは明らかに拒食症と思われる女性だった。腕がありえないくらい細く、体も痩せた女性を更に半分にしたくらいの大きさしかなかった。腕の先にある手は明らかに不自然な長くて黒い手袋で覆われており、その骸骨のような手を隠そうとしている事が明白だった。おまけに病室からは「アウアウアウアウアウ」と奇妙な大声が聞こえる。

それにしても私はえらいとこに来たもんだと思った。みんな何かの心の病気を抱えていた。それは私も例外ではない。私は周りから見たら、どのように見えるだろうか？

正常な精神を保っているような人間に見えるだろうか？　それはわからない。ただ、何か不安そうに見えるのは確かだろう。私は自分の感情を隠すのは得意ではない。得意ではない私が完全に普通人に見えるのは不可能であろう。ただ、この恐怖による不安の意味が何によってだとかは誰にもわからない。医師すらも私が言わなければわからないだろう。

「吉村さん、診療室に入ってください」と看護師の一人が私に話しかけた。

私はもう、すべてを告白して楽になりたいと思っていたので、その声に対して、否定の感情は思い浮かばなかった。ただすべてをしゃべって楽になりたいと思っただけだった。

「今日はどのような事でこられたのですか？」と医師は私に丁寧に話しかけた。

「んー、何か恐怖による不安を感じざるをえないです」

「それは具体的にはどのような事なのですか？」

「何か恐怖を感じて、夜に寝ていても常に思い出してしまいます」

「それは何か原因があるのですか？」

「はい、あります」

「じゃあ、具体的に原因を言ってください」

「言いたくないです」と私は突然、自己保身の感情にかられて言った。告白しようと決意していたので、最後の最後にはこのような感情にかられるとは思わなかった。しかし、私は自分がとても人間らしいと思って、少し安心もした。

「言わないと治療できないですよ」

暫くの間、沈黙になった。医師はどうやらこういう事に慣れているようだった。精神科医ならば、患者は何か闇の部分を抱えてくる事が多い。そういう事に環境適応しているのだろう。こういう仕事の特性の一種だ。

「じゃあ、先生、もし、私が話しても他言しないですか？」

「しないですよ」

「本当ですか？」

「私は医師ですよ、患者の事を話さない守秘義務があります」

「じゃあ、法に違反する事でも警察に言って話さないですか？」

さすがに、この質問には医師も答えるのは窮したようだった。医師も少々の違法行為は目をつぶっていてくれるだろう。しかし殺人ではどうだろうか？　私は好奇心にかられた。

「話さないですよ。私は精神科医、当然、患者に対する守秘義務があります」と医師は少しどぎまきしながら話した。

「殺人事件でもですか？」

「・・・・・・・・・」と長い沈黙が診察室を包んだ。医師は私を病院に治療にきたウィルスのような目で私を見てきた。そして、その目には極度の不信感と焦りが感じ取れた。もう、この患者にはどのように接して良いのかわからないようであった。

「もちろん、それが医師の義務ですから」と顔がヒキツリながら医師は答えた。

「じゃあ、告白しましょう」

「私はプロですから安心してください」

「私は十年程前の○○幼女誘拐連続殺人事件の犯人です」と日本では誰でも知っている犯罪の犯人であると機転をきかせて、私は嘘の告白をしてみた。

医師の顔から汗が噴き出してきた。その顔色は緊張と興奮を隠せない様子だった。

私はこの医師を正直で世間知らずの真面目な人だと思った。普通に一般的な大人ならば、このような告白はまず相手にはしない。ネットにおける犯罪予告と同じように完全な嘘と考えるだろう（しかし、警察や学校等の公的機関はたとえ嘘と確実に知っていても動かなければならない。ほんの僅かな可能性があるからだ。そこが世の中の面白い部分でもある）。

「もっと具体的に症状を言ってください」

私は自分の持っている知識をすべて使用して、犯行をできるだけ具体的に詳細に述べた。又、日本中が誰でも知っている事件なので、特に犯行の有名な部分はグロテスクさを強調して、遺体の切断方法、遺体の隠し場所、遺体を食べた事等を述べた。医師の顔はますます真っ白になってきた。

「いやあ、AちゃんとBちゃんとCちゃんとDちゃんとFちゃんが悪霊になって、私の耳元で囁くんですよ。もっと生きたかった。もっと生きて、幸せになりたかったって、毎日、耳元で囁くから、気が狂いそうになるんですよ。どうしたら良いのですか？　先生、まさか幽霊が見えるとは思わなかったですよ」

「ギャー、人殺し」と医師は大声で叫ぼうとした瞬間に、私はスポーツバッグの中に隠し持っていた金属バットを出して、医師の脳天をカチ割った。

「カコーン」という響きの良い音が鳴った。国立大学医学部のエリートの医師の頭は流石に頑丈で金属のような良い音がでるなあ、私大医学部と違うなあと感じながら、私も同時に気絶した。私もこの時まで医師の頭を金属バットで勝ち割るとは思っていなかったからだ。金属バットもここらで暴動が起きているので、その護身の為に持っているだけのものだった。

しかし、「人殺し」という言葉が私の防御本能に火をつけた。このままではすべてが発覚するという妄想に火をつけてしまった。私が告白した殺人は嘘なのにその本能に火をつけてしまったのである。そして、私も気を失って、その日はすべてが闇となった。

9

私は目を覚ました。そこは病院の中だった。もちろん、私が騒ぎを起こした病院ではなく、違う病院のベッドの上だった。目を覚ますと、私の上には家族全員がそろっており、父親、母親、妹のすべてが心配そうに私の顔を眺めていた。私はこんな時に本当に家族というのはありがたいものと感じる。私がこのような殺人事件を起こしたかもしれないのに、それも◯◯幼女誘拐連続殺人事件の犯人だと告白しているのに、私に無償の愛を注いでくれるのである。

「お前、本当に◯◯幼女誘拐連続殺人事件の犯人か？」と父が私に目をあわせるやいなや聞いてきた。私は父らしいなと思った。普通なら、息子の体の心配から話が入るのだが、直接的に事件について問いただしてくるとは。

「違うよ、やってないよ」

「本当だな？」

「本当だよ」

「じゃあ、なんで医師の頭を金属バットで殴ったんだ。殺して隠蔽するつもりだったのか？」

「いや、だって、何で隠蔽するなら病院で殺そうとするんだよ。隠蔽するんだったら、病院で犯行を告白しないし、病院で暴力事件を起こしたりはしないよ」

「そりゃ、そうだが、本当だな？」と父が疑り深く聞いてきた。

この事件から、私が今まで非常に不安そうにしているのも当然のように辻褄が合うのだから、父親が疑っても仕方が無い。

「そうだよ」

「信頼するぞ、父さんはお前を信用するぞ」

「絶対やってない、以上」

これで父との話は終わった。その後、二日から三日で退院となり、警察に事情聴取もされた。ＤＮＡ鑑定や筆跡、目撃者の証言をいくら精査してもどうやら○○幼女誘拐連続殺人事件の犯人像と私は結びつかなかったらしい。そりゃ、嘘の告白なのにそうなるに決まっている。又、警察は私とすべての過去の犯罪者のＤＮＡと筆跡や指紋が一致するかどうか調べたらしい。その結果は完全に白だった。犯行を確定されたのは私が精神科医を金属バットで殴った一件だけだった。その一件も精神科医が軽症で被害もあまりなく、前科もなく、初犯だった事で不起訴となった。私はまた、完全にシャバに放たれる事になったのである。

退院後、私は家にすぐに帰った。家に帰って、天国のような気持ちになった。天国のような気持ちになったのは老人を虐殺した事件で警察の証拠が完全になかったのが理由ではない。このようなものは後で証拠が見つかってブルブル震える可能性があるからだ。しかし、それより重大な事件が起こったのであった。

革命が、革命がおこったのだ！　待ちに待った革命が起こったのだ！

今まで警察や自衛隊の保護を受けていた老人政治家達がテレビで逆に彼らから私刑を受けていたのである。事の顛末は自衛隊の若者や中年が老人政治家達を裏切ったのが原因だった。中年の中で、自衛官で言えば、尉官クラスの野心家である中年が若者を抱きこんで、老人の首相を含む、老人内閣のほぼすべての人間を国会議事堂に監禁したのだ。

監禁が起こってから、暫くの間は監禁事件を起こした自衛隊の一部と残りほぼすべての自衛隊の睨み合いが続いた。もちろん、事件を起こした自衛隊側には投降の呼びかけが行なわれた。しかし、長期間に備えて、食料や水、弾薬を携帯していたので、睨み合いは長く続いた。又、反乱した自衛隊側も投降の呼びかけに応じる事はなかった。若者や中年の不満が非常に強かったのである。

その後、反乱側に組していない自衛隊は政府に鎮圧を命ぜられるも、なかなか実行に移す事ができなかった。それは末端が若者や中年で構成されており、士気の低下が激しく、脱走する人間も続出したからである。その後、反乱側の自衛隊は九十歳年金支給法の廃止や様々な老人優遇策撤廃を公約する事で、自然に政府側の秩序が崩壊し、治安維持能力は崩れ、反乱側に反乱していない自衛隊も合流、軍事政権成立となった。

革命が成立した日はまさにお祭り騒ぎであった。あらゆる場所で老人への傷害、暴行が発生し始めた。老人に属する母と父はその日は警戒して、家から外には全く出歩かなかった。私と妹で買い物等のすべての外にいく仕事をしたくらいだ。

私はその時、普段の買い物をした後、妹と別れて、高級百貨店にいって、本マグロの寿司と名古屋コーチンの唐揚げと大量のドイツ産ビールを購入した。私はこういう場合には寿司、唐揚げ、ビールでお祝いするのが習慣となっている。

私はテレビをつけてみた。テレビでは老人が若者に殴りまわされている。中年はそれをみて氷のような目で冷笑している。私もそれを寿司、ビール、唐揚げのアテにしている。髪の毛をひきずり回される老人。三十年かけて溜めた虎の子のタンス預金を脅しとられる老人。エアガンで狩りの対象にされる老人、体を裸にされ、町を集団で歩かされる老人、様々な老人がそこには写っていた。

私はビールと唐揚げと寿司を食べながら、その光景にご満悦だった。なんとビールの美味い事か！　なんと唐揚げの美味い事か！　なんと寿司の美味い事か！　こんなに飯が美味いと思う日はなかった。思わずに私は奇声をあげた。

「ウホウホウホウホウホウホウホ」とゴリラのように胸を叩きながらさけんだ。このポーズは私の中では勝利のポーズであった。特に老人政治家が自分の息子のような年齢の人間に踏まれたり、叩かれたり、最後には耳をナイフで切られて、自分の口に入れられたりする光景は非常に微笑ましかった。私はあの耳が欲しいと思った。あの耳を剥製にして何個も持ち歩きたいと思った。勝利の証として持ち歩きたかった。しかし、ここはテレビがある安全な部屋の中である。そんな事は当然に望めない。

そして、状況は更に緊迫してきた。政府は一定の金を払えない老人の人権を臨時的に取り上げるという法律を施行したのである。明らかに老人が多すぎる為に、若者、中年への負担があまりにも大きいというのがその理由である。

その具体的内容はこうだ。自身の年金を放棄し、五千万円を身代金として用意できない六十五歳以上の老人の人権は一時停止され、殺害されても、法的には犯罪にならない。殺害し、全国に設立予定の市役所にある賞金首鑑定課により、殺害後の首を持っていき、身元を確認できれば、その老人の生涯年金額の四分の一（残り寿命は数学を使用した統計学によって推定算出）を現金で受け取る事ができる。殺害後にその老人の運転免許証や健康保険証等の身元確認書類を用意し、鑑定がスムーズにできるように配慮してくれれば、更に支給額に二十％のボーナスを受け取る事ができる。

しかし、老人に対する強盗、レイプ、傷害の犯罪は処罰する。あくまで、老人殺害による国民負担の軽減が目的であって、犯罪自体が目的ではないからだ。ただ、殺害前の余興で強盗、レイプ、傷害等は許された（しかし、殺害できなかったら、罪は問われる）。

更に無制限の暴行が行なわれない為にも私掠免許取得が必須であり、私掠免許を持たない人間の老人狩りは処罰される。免許の条件は住所があって、身元が判定でき、指紋とＤＮＡのサンプルを提出する事であった。これはあくまで、免許制にする事で対象の老人以外に被害を及ぼさない処置であった。又、誰が誰を殺害したというのは国の守秘義務により開示されないと約束されていた。

そして、国は毎月三十日、もしくは目標が達成された日の朝八時に六十五歳以上の老人人口を公表し、それまでこの法令は有効であるとされた。目標は一億人の日本の人口の内、五千百万人の老人が一千万人に削減されるまで続けるとされた。

そして、敬老の日は廃止され、若者の日が作られた。このような老人敵視の政府にとって敬老の日は不都合であるからだ。敬老の日は政府自身の自己否定に繋がっており、危険極まりない日だからである。又、若者の日だけでは物足りなく、若者の歌まで作られた。その内容はこうだ。

「若いって素晴らしい♪　痩せている♪　頭も禿げていない♪　匂いも臭くない♪　子供も作れる♪　ララララララララ♪　結婚もできる♪　体も痛くない♪　唯一の欠点は老人より経験が無いって事さ♪　ララララララ♪　でも、経験が何の役に立つんだ？　今は時代の変化がすさまじく速い時代さ♪　ララララララ♪　ジジ、ババも知っていると思うが、ガラケーの知識がどれだけスマホに役に立つのだ？　ラララララ、経験とともに早くこの世から消えちまえ！」

まあ、なんというか凄まじい内容の歌なのだが、こういう歌が実際に作られてしまったのだ。今では、あちらこちらからこの歌が聞こえてくる。それも愚連隊のような連中が特にこの歌を好んだ。

このような状況の中で私達家族はどのようにそれに対処すべきかを考えなければならなかった。六十五歳以上の老人は二人いる。私と妹の父と母だ。今は二月一日なので二月末までに年金放棄を確約し、五千万円の現金を即金で用意しなければ、国が特別な老人を保護する為に設立した保護施設に入れてもらえない。老人狩りは三月一日から開始の予定だ。開始中での保護施設への入所も可能であるが、できれば安全な今、父、母のどちらかを入所させたい。

ところで、なぜ、父、母のどちらかの入所になるかと質問されるかもしれないが、さすがに元自衛隊の幹部で陸将補まで昇進した父でも現金で五千万円を用意するのは非常に厳しいからである。又、私達一家はあまり節約家ではない。貯金は最低限度しかしないという方針で暮らしてきたので、金をそんなに貯蓄しているわけではない。ただ、なんとか一人くらいは工面できそうなのだ。

ここで、父、母のどちらかにするというわけになるのだが、体力面や性別も考えて、母親を保護施設に入所させる事が決められた。この老人生き残りのデスマッチを女性である母親が生き残るのは難しいと考えたからだ。それは、私達一家だけに言える事ではなく、他の家族にも言える事だ。このレースに女性が生き残れる確率は非常に少ないだろう。

町の役所には愚連隊や暴走族、振込み詐欺師の集団、消費者金融や闇金から膨大な借金を抱えた者、老人家族の保護資金を獲得したい者、そして、私のような老人嫌いの一攫千金を狙う野心家達が次々と役所に老人狩りの私掠免許を登録しようと長い行列を作っていた。おまけに、私も私掠免許に登録した。

もう、一刻の猶予も持たなかった。私達家族は二月中頃には父、母と最後の別れをした。私達家族は三月一日から始まるデスマッチに用意すべき食料や武器等の装備を用意した。特に父親はこのゲームに逃げ切ろうと必死に、念入りに準備していた。潜伏先の洞窟を何箇所も地図で確認し、食料も缶詰や米等の保存が効く商品を土に埋め、森に携帯用コンロや鍋、ガスボンベ、電池等を隠していた。私もその手伝いに追われる形で一緒に仕事をした。

そして、父の居場所に定期的に食料と水等の必要な品物を運ぶ事を約束した。私は父親の様子を興味深く眺めたが、父親に悲壮感はなかった。父親は今から始まるゲームを楽しんでいるようにこう私に話しかけた。

「絶対に生き残るからな！　心配するな」

「約束だよ」

「もちろん」

こう言って父は洞窟に潜んだ。私達は別れた。それから、妹と二人で現金を国の口座に振り込み、その後、母親を保護施設に連れて行った。

「お父さんが心配だわ」

「大丈夫だよ、元自衛官だし、私達が物資も援助するから」と妹は母親を気遣って優しく話した。

「それでも心配、私だけが保護施設に入るなんて、何か罪悪感に苛まれるわ。死ぬなら二人で一緒に死にたい」と母は涙ながらに話した。

「大丈夫、私と妹がいるから心配しなくて良いよ。何も問題は起こらない」

私と妹は母親と別れた。妹も泣いていた。しかし、女というのは何でこんなに泣き虫なんだ。私は父親の事が少しは心配だが、それよりも今からどのジジイを真っ先に殺害するかを楽しみに考えていたのに。実はもう決まっていたのだが、元上司のあのクソナバカタレダ。実は住所も偶然ネットでひっかかって知っている。盗聴器も一週間前に家につけてきた。

その会話の結果、一人暮らしの独身のあのジジイは三月一日の夜明け前に家から出て、避難先に向かうらしい。避難先は自分の家の近くの廃墟になった工場だ。明らかに油断しているように見えた。歳のわりには若く見える為に油断しているのだろう。しかし、甘い、ここにはお前の年齢を確実に知っている非常に憎しみを持った人間がいるのだ。

街は荒れていた。まさに治安はあってないような様相を呈していた。モヒカンで刀や斧を持ち、鎧を着た愚連隊が身寄りの無い体が動かない老人しか残っていない特別擁護老人施設の前に三月一日になる前から、つまり、二月末には集団で群がっていた。

「もうすぐ殺してやるからな！」

「ああ、ババアの萎んだ乳を切り取って、押し花にして遊びてぇ！」

「ウッヒョウッヒョウッヒョ」

特別擁護老人ホームの下では右記のような野次が頻繁に飛ばされていた。施設に取り残された老人は恐怖していた。しかし、意外な事に勝ったのは介護職員だった。介護職員は老人に優しくし、自殺を奨めた。それを善意と受け取り騙され老人は愚連隊が侵入する前に介護職員によって、ビルの四階から投げ飛ばされて全員が死亡した。もちろん、その首はすべて介護職員の手に落ちた。しかし、愚連隊と介護職員の間で首の取り合いが発生し、愚連隊、介護職員の両方に犠牲者がでた。

私はこのような状況の中で動かなければならなかった。街はすべてが興奮していた。老人の殺害がメインだが、状況によっては関係ない人間でも殺害されかねない状況だった。

私は二月二十八日の夜には車で、元上司の家の近くに到着し、その車の中に息を潜めて、隠れていた。元上司の家は現役の時に高収入だった割には非常にケチくさい家である。普通なら、価格で言えば五千万円程度の一戸建てを所有していてもおかしくない収入なのに、こんな下町の築三十年のボロ屋に住んでいるとは、私を虐めて儲けた金はどこに消えたのだと思わざるをえなかった。

今回の道具は手斧一つだ。これで決着をつけるつもりだ。ナイフでもよかったのだが、奴には恨みがある。恨みがある人間には手斧が一番だ。手斧で頭をカチ割ってやりたい。私は車の中のカーテンから元上司をひたすら待った。私の大嫌いな体育会系の薄ら馬鹿の元爺上司の私にしたパワハラが思い出されて、待っている時にも憎しみを激しく増加させた。私は車の中で数時間待っており、夜はまるで暗黒の池のような静けさだ。ただ、時折、ライトをつけた車が傍を通り過ぎた。

爺がやっと家から出てきた。しかも夜中の三時だ。私は数時間待たされた苛立ちも爺の出現に狂喜して、静まった。私は帽子とサングラスという服装で、爺を車で暫くの間、ゆっくりつけていた。爺は私の車の前を大きな荷物を抱えて、ゆっくりと歩いていた。あの大きな荷物には何が入っているのだろうか？

「長生きしているのにまだ生きようとしやがって！」と私は爺に激しい嫌悪を感じた。又、あの生きたいという激しい気持ちを他人への優しさや遠慮に向ければ、長生きする事ができたのにと私は感じた。

暫くの間、私の車と爺は一定の距離をあけて共に移動した。どうやら爺は気づいてないようだ。私は殺害するチャンスを見計らいながら、後をつけ続けた。不振に思われない為にも爺との距離は二十メートル程とった。最初は、爺も何の警戒もしていなかった。だが、追跡時間が二十分を過ぎる頃、爺は猛然と走り始めた。その様子はまるで若いライオンに狙われた年老いたカバのようである。その脂肪で脂ぎった醜い巨体を揺らしながら、大きな荷物を抱えて、猛然と逃げ出した。

「しまった、気づかれた！」と私は車内で呻いた。

私は車を降りて追いかけようと思ったが、幸運にもここは信号もない簡素な住宅街の中であった。信号もないので、車から降りるよりは車で追いかける方が良いと私はとっさに判断し、私はアクセルを更に踏み込んだ。爺のスピードも益々速くなっていく。しかし、まあ、荷物を諦めたらよいのに強欲な爺だと私は少し飽きれかえっていたと同時にあの荷物の中には何があるのだろうと感じた。

五分程の追跡劇の後、爺のスピードが落ちてくる。私はチャンスと思い車を乗り捨て、手斧だけを持って、車外に出た。爺のスピードは更に落ちてきた。私との距離はすでに十メートル以内。もう、爺の息切れをした「ゼイゼイ、ゼイゼイ」という声も聞こえてきた。私は手斧を持って爺にトドメをさそうと近づいた。

「なあ、助けてくれ。お願いだから、荷物に入れた金はやるから」

「じゃあ、犬のように俺の靴を舐めろ、爺」

爺は私の靴を犬のように舐めだした。あの自分より力の弱い人間にはパワハラで退職に追い込むくせに力の強い者に対してはすぐにこんなに媚びる態度を取る。世の中のサラリーマン世界にはこのような屑がどれだけいる事か！

私は爺が私の靴を舐めている間に帽子とサングラスを取って、自分の正体を明かした。だが、それに気がつく事なく、爺は私の靴を命乞いしながら必死に舐めていた。

そして、二分程舐めていた後、ふと上を見上げた。爺の目は満月のように丸くなって、驚嘆の色を隠せない様子だった。今、自分が誰に殺されるかを明確に理解したようだ。

「敵は本能寺にあり！」と叫んで、私は爺が目を丸くした瞬間にチャンスだと思って、手斧で頭をカチ割ろうとしたが、何と手違いで爺の肩にあたってしまった。爺は苦痛のあまり、道路に倒れこんで、「痛い、痛い」と泣き叫びながら、暴れ始めた。しかし、私は容赦しなかった。何度も何度も手斧で相手の肩や腹、頭や足を叩きつけた。

五分間程、殴打した後、爺はやっと動かなくなった。私の体は爺の血で真っ赤になっていた。私は「しくった」と思った。もっと手際よくやれると思ったのだが、こんなに手間がかかるとは、なかなか難しいものだ。だが、幸いにも爺の顔は血に汚れていたが、水で洗えば、身元の確認は簡単であると思われるくらい損傷していなかった。おまけに、運転免許証も荷物の中にあった。私はゆっくり体から爺の首を、コードレスの電動のこぎりで切り取った。

「この馬鹿野朗！　この糞野朗！　もう悪さはできないだろ！」と叫びながら私は爺の首を靴で何度も踏みつけた。それは閻魔大王が悪人に地獄行きの判決を下したような気持ちである。その時、私は地獄の鬼だった。

そして、この三月一日はゲーム初日という事もあり、政府の六十五歳以上人口の総数が特別に発表された。年金を放棄し、国に五千万円を入金して、保護施設に入った少数の老人と真っ先に殺された老人を除いて、四千五百十万五千三百六十一人と発表された。まだ、目標の一千万人まで約三千五百万人以上殺害しなければならない事が明確となった。

10

街からゲーム開始後、一週間にして老人の姿はすべて消えた。こんな短期間にまだ数千万人いる老人が消えるわけが無い。どこかに潜んでいる事は確実であった。体が動かない等の理由で特別擁護老人ホームにいる身寄りの無い社会的弱者にあたる貧乏な老人はこの時点ですべて抹殺されている。今、保護施設以外で生きている老人は少なくとも体と頭がある程度動くくらいは健康である。しかし、多少ボケている老人もいた。

多くの老人は家族にかくまわれていた。そのような老人達を処分する事はなかなか困難な状況だ。そういった老人はまず、家から出ようとしないし、家に居ても押入れや屋根裏部屋に隠れており、家族の食料や水の提供もあって、追い込みがあまりできなかった。

少なくとも先に狩られるのは生涯未婚率が五十%を超えているこの超高齢化社会の日本においては家族のないこの老人独身層であった。この老人独身層は誰にも頼る事ができないので、いつか食料と水が尽きる。その時を狙うのであった。それが一番スタンダードな方法と思われた。

私は効率的に老人狩りができる方法を考え、それは思いつくのは簡単だった。食料や水が大量にある場所を終日見張れば良いのである。例えば、コンビニやスーパーや百貨店やラーメン屋やファーストフード店で待ち伏せする事であった。この身寄りのない老人どもは見つかりにくい夜に必ず奇襲をかけてくるはず。その時に待ち伏せをすれば一網打尽だ。

夜、コンビニに日本刀を持ち、ヘルメットをかぶって、更に防弾チョッキを着て待ち伏せをしていた。又、人間は同じ事を考えるもので、そこには十人程度の老人ハンターがたむろしていた。皆、柄の悪い連中ばかりだった。モヒカンは当然にいたが、顔中に刺青をいれた人間、片目を老人狩り中に負傷し、眼帯をつけた人間。顔中にピアスをいれた人間もいた。

私の容姿はまだこれらの人間と比べてまともだった。私の主義としては親からもらったこの美しい顔と体に傷をつけるのは許せなかったし、品を重視する私はモヒカンやスキンヘッドも好まなかった。私が愛するのはソフトな中性的美しさを持った殺人鬼である。美しい殺人鬼。私はそうなりたいし、実際にそうだ。

ゴロツキが、私に話しかけてきた。

「兄ちゃん、何人殺したんだ？」

「まだ、一人です」と私は政府が老人狩りを認める前の殺人数は省略して述べた。

「少ないなあ」

「じゃあ、何人殺したんですか？」

「ん、俺は百人だ」

「百人！　まだゲームが開始して、二ヶ月程しか経過していないのに」

「そう驚くなよ」

「どうやって殺害したんですか？」

「マンホールよ、マンホール」

「それはどういう意味ですか？」

「なあに釣竿に餌つけて、糸をたらしてみろよ、色々わかるさ」

そこで話は途切れた。まあ、私は老人がマンホールの中に潜んでいるというのは理解できたが、釣竿に餌をつけて糸をたらすという意味がわからなかった。いくら老人でも魚を釣るような方法にひっかかるのか？　マンホールの上から釣り糸にたらした餌があるのはあまりにも方法が露骨すぎて、見破られるのは確実ではないだろうか？

私は疑念を抱かざるを得なかった。

しかし、どうしても老人を街で見つける事ができなかった。ほんの二ケ月前には老人だらけだった街で老人を見つけるのは至難の業だった。だから、あの元上司の爺を殺してからは、取り立てて新しい獲物を見つける事はできなく、いつか試して見ようと私は心に決めた。

コンビニはいつもと変わらない穏やかな日々が続いた。私は昼間、家に戻って寝て、夜の七時くらいから日が明けるまでコンビニで待ち伏せをする日を数日続けた。しかし、一向に老人が現れる気配がない。

近頃の人気雑誌「週刊老人ハンター」では、このあたりの時間に二から三人程度の老人が武装をして、コンビニ強盗を行なう事が確認されていた。そういう情報源から、必ずいつかは来ると確信はしていたのだが、なかなか来ない。この雑誌には爺を返り討ちにし、その首をナイフで切って、空高く、トロフィーのように掲げている女傑の姿が掲載されていた。

「男女同権の世界が来た、老人狩りは男だけの世界ではない。私達、女もできる」と記事が掲載され、政府の男女平等推進局から賞状を受け取る姿も掲載されていた。

今の時代は女傑がもてはやされる時代であった。男の性的嗜好もアマゾネスのような女を好むような時代になっていた。男まさりの高い身長、男の金玉をも噛みちぎりかねない気の強さ、男にひけをとらない運動能力や学力の高さや教養が求められた。もちろん、時代の共通要素である顔立ちの美しさは絶対的な必須条件として求められている。

私の一番の好みは妹みたいなのだが、アマゾネスのような普通体型の筋肉女も結構好みなのであった。ただ、デブはどうしても駄目であり、デブだけは受け入れる事ができなかった。一番の理想は女のヤセマッチョ。だが、掲載されている写真はあきらかに普通体型筋肉質である結構好みのアマゾネスである。

もう、夜中の二時になり、眠たい目をこすって、その雑誌を片手にコンビニのトイレに入って、オナニーをしようと思い、トイレの扉を閉めた。私の特技は好みの女性の裸だけではなく、その普段着の姿でも瞬間オナニーができるとこであり、オナニーの時間は最短三分であった。

コンビニのトイレの中に監視カメラがないかを確認した。普通は監視カメラなんてないが、警戒心とプライドが非常に高い私は自分がオナニーをしている姿は絶対に人に見られたくなかった。自分の性器を手でいらって、背の小さい爺に転生して、アマゾネス様に踏まれながら、命乞いしているのを想像して、勃起し、射精しようとした瞬間にコンビニから、突撃ラッパと太鼓、凄まじい叫び声とが聞こえてきた。

「爺と婆が襲ってきたぞ！」

「ギャアアアアアアアアアアアアアアアア」

私は急いでコンビニのトイレの扉を開けて、外に出た。そこには約百人程度の老人がインディアンの姿をして襲ってきた。主に婆がボウガン隊を形成し、爺が包丁と金属バットを持った近接格闘部隊を形成していた。

老人ハンター達は婆の放った連続発射したボウガンの矢によって、ほぼ半数は死亡、もしくは戦闘不能になっている。そして、残党勢力一掃の為に、爺が突撃攻撃をしようとしている最中であった。

なんて私は運のいい奴なのだ！　トイレでオナニーをしていた為に婆の放つボウガンの矢の奇襲攻撃から逃れる事ができた。敵は百人以上、こちらの戦闘可能人数は数人、しかも、敵は私達のような統率が取れていない個々に対して、軍隊のように完全に統率が取れているように見えた。これは老人相手でも勝てんと、とっさに判断し、私は必死で逃げようとした。爺が武器を持って走ってきているが、まだ、距離、五十メートル程度はある。

「なあ、俺を見捨てないでくれ、助けてくれ」とさっき私に話しかけた負傷したゴロツキが私の足に手をかけて、離そうとしなかった。

「死ぬ時は死ね！　この馬鹿野朗！」と言って、手に持っていた石を思い切りゴロツキに投げつけた。それはゴロツキの顔面に直撃し、ゴロツキは苦痛の表情をうかべて何も話さなくなり、手を離した。

私はコンビニ店員が逃げようとした店の裏口を一緒に出ようとし、又、負傷していない老人ハンターもそこから逃げようとしていた。なんと、甘い事に（本当は甘い事ではないかもしれない。兵法的に敵を追い詰めず、逃げ道を作っておく方が良いと考える事もできる。窮鼠猫を噛む事がないようにする為だが）裏口には老人は誰一人もいなかった。

私達は一人が乗り込もうとした車に全員が殺到した。しかし、車のキャパシティの問題から、どうしても二人程は乗る事はできなかった。時間が無い、今にでも老人達が襲ってくるかもしれない。早く逃げなくては。

私はなんとか乗り込む事ができたが、乗り込めなかった二人は車の後ろにしがみついてきた。一人は諦めたが、車が動き出しても最後の一人は諦めずに、車の外側のボディの後ろに乗ってきた。老人達が後ろから追ってきた。外側の後ろに人が一人いるので後方の視界がさえぎられ、非常に車は危険な状態だった。この時、機転を利かせ、私の後方にいた一人が、窓を開けて、日本刀で後ろに乗っている人間の腹を突き刺した。突き刺された一人は腹から噴水のように血が「ピュー」と吹き出ながら、車からやっと離れて、道路に倒れこんだ。そこに老人達の集団が砂糖に群がる蟻のように一斉に飛びかかった。そして、金属バットでたこ殴りにしたり、日本刀で切りつけたりしている。

なんとか逃げ切った。危機一髪の状態だった。私達が逃げた後のコンビニはすべての商品が持ち去られ、その後、放火されてすべてが灰になった。しかも、逃げ遅れた老人ハンター達は首を切られて、道路に並べられていた後、顔の皮をすべて剥がれていた。

　あの年寄り達はまるで軍隊蟻だ。私は恐怖した。老人と思って舐めていた。私が馬鹿であった。今回の失策はあのコンビニ自体、建物が込みいって周辺全体を見渡す事ができなく、空き家も多かった。更には近くに身を隠せるちょっとした森があった事だった。あそこに老人達は密かに奇襲をかけようと隠れていたのだ。私達は完全に裏をかかれてしまったのだ。十人もいれば簡単に老人達でも返り討ちにできると。

　そして、一週間後、四月三十日に政府から現在の老人数が発表された。その数、三千八百二十五万六千三百二十一人。目標の一千万人まで、まだ結構な人数が残っていた。このゲームはまだ、数ヶ月は続きそうだ。私は老人への恐怖とそれとは逆の冒険心とで心があふれかえった。

11

今は、六月の中頃だ。この頃になると老人ハンターの中から、一攫千金（獲得賞金一億円以上）に成功する者が沢山でてきた。その中で特に多かったのは徒党を組みながら、集団で老人狩りをするリーダーが多かった。下位のメンバーが狩ってきた老人の金のピンハネという方式である。まさに会社が社員から搾取しているような方法で金持ちになる者が多かった。

又、中には個人行動の一匹狼もいたが、主にそのやり方を「週刊老人ハンター」で見ていると、政府に大金を払って保護施設に入る事を拒否したケチな老人が家族、もしくは使用人にかくまわれながら、住んでいるのを誰かの密告によって、夜中に潜伏場所に忍び込み殺害するというのが多かった。金持ち程、年金を大きくかけている人が多い。その分、利益も多かった。

もしくは、もう一つの方法として、老人を人質にとって、家族に身代金を要求する方法もあった。例外規定として、殺害せずとも身代金の半分を国に納付すれば、老人への身代金目的の誘拐も国から許された。主に、身元が確認できて、八十五歳以上の高齢者で年金額が少ないと見られた場合に適用されたが、要求する身代金が多すぎる場合は、よく老人は家族から見捨てられた。

私はもうゲームが数ヶ月経っていたのに殺害人数は一人、獲得賞金も僅かだった。コンビニでの待ち伏せに失敗した後は、老人すら見つけられない状態だ。今は、現代の大航海時代、私掠免許さえあれば、大金持ちになれるはず！　なのに、現実は甘くなかった。

老人どもの手口はますます巧妙化し、整形手術や若返りの特殊メイク等を使用して、若者、中年の中に普通に溶け込んで生活している者も多くなった。今、私が普通に街の繁華街の通行人が多数いる所を歩けば、このような老人達が沢山いた。老人を見つけ出す事は次第に困難になっていった。

このような手法を使用して老人ハンターに復讐する者も現れた。六十五歳という老人にちょうど該当する年齢の若く見える人が整形手術や特殊メイク等を利用して、変装し、私掠免許等の身分証明書を偽造し、老人ハンターの集団に紛れ込むというものだ。このスパイに紛れ込まれた老人ハンターの集団はまず、老人を見つける事が不可能だった。もしくは、偽情報を流されて、罠にはめられ、奇襲攻撃される事も多くなってきた。

私は老人が見つからなくて、途方に暮れていた。周りの知人はそれなりに賞金を稼いでいた。私には焦りがあった。もっと誰にも負けずに金を稼ぎたいという強い気持ちがあった。

しかし、今日は父に必要な物資等を届ける約束をしていた日である。この事は忘れて、父に会いに行こう、父とは私名義のスマホで連絡を取っていたので、元気でやっているという事はわかっていた。父は何箇所も隠れる事ができる洞窟を持っており、又、自分で山の土に穴を掘って、簡易の宿を作って、過ごす事もあるので、その居場所は連絡をしなければ把握する事は不可能だった。まさに忍者である。

私は父と約束している山の森へ向かった。父と会う時はゲームが始まる前に一度行った洞窟と決まっていた。そうじゃないと殆どの洞窟は森の奥深くにあり、父とは違って、自衛隊出身じゃなく、野戦訓練も受けた事がない私が道も迷う事なく到着する事は不可能だった。しかし、一度行った洞窟も私では少し道に迷う始末であり、父と連絡を緊密に取りながら、どうやら何とか、目的の洞窟に辿りつけたようだ。

私は辺りを見回したが、誰も見当たらなかった。父はどこにいるのだろう？　辺りは静かで人のいる気配すらなかった。その時、突然、木や草が生えている土から両手が出てきた。そして、両手がピースサインをしていた。明らかに父だった。自分で掘った簡易の穴に木や草でカモフラージュしながら潜んでいたのだ。

「わお、驚いた。まさか土から両手がでてくるとは」

父は穴から元気そうにでてきた。その顔には疲れた表情等はまったくなく、ただ、このゲームを純粋に楽しんでいるようだ。しかし、風呂には長く入っていなかったので、体中が垢と人体の油でみなぎっており、おまけに土埃も沢山ついていた。

「びっくりしただろ？」

「そりゃ、びっくりするよ、地面から手が出てくるんだもん。でも何で洞窟にいないの？　普通、地面の穴にはいず、洞窟にいるはず？」

「もう、ここら辺は駄目だ、老人ハンターの捜索隊がしばしば来るので、危険な場所となっている。ここに潜む老人が多い事も広く知られるようになってしまった」

「そんなに危険な状況なのかあ。じゃあ今度、物資を持ってくる時は場所を変えなくてはね」と言いながら、私は父に頼まれた米、肉や野菜の入った大量の缶詰、携帯用ガスコンロに必要なガスボンベと家庭用の薬箱を手渡した。

「そうだなあ、今度会う時は、こんな場所で会わずに、家で会おう！」

「家？　なんで家なんだよ」

「うひっ、ひっひ、ひ、こっちに来てみな」と父は陽気そうにいった。私は父に連れられて、洞窟の中に入った。するとその中には燃料から食料、薬、衣服や何から何まであり、一人なら、一年間は暮らせそうな物資があった。

「これどうしたの？　こんなに大量の物資？」

「返り討ちにしたのさ、老人ハンターどもを」

父の手口は夜に洞窟の中に大きな電球を入れておく、それと同時に数個の落とし穴を中に掘っておき、その中に木の杭等の相手が怪我をするような障害物を設置する。すると、自然に老人ハンターが光に集まって、数人が落とし穴に落ち、悲鳴が聞こえる。その悲鳴が聞こえた瞬間に近くの木に隠れていた仲間の老人と洞窟の入り口から猟銃を乱射するというものだった（ちなみに父は猟銃免許も持っており、猟師の友人も沢山いる）。

「こんなに物資があるなら、今、お前が持ってきた物を合わせると一年数ヶ月は暮らせると思う。この馬鹿みたいなゲームも必ず一年以内に終わる」

「なぜ、そう思う？」

「老人の底力を政府が甘くみたからさ、老人は家族との繋がりも持っており、知恵も勇気もある。一部の馬鹿と力の無い者、もしくは家族の援助を受けられない者以外はなかなか死ぬ事はない。いずれは、老人の減少数は必ず停滞する。そうなれば、政府は老人と妥協しざるをえない。おまけに不正も横行している」

「不正とは？」

「聞いた事ないか？　今、政権を握っている政治家や高級官僚、自衛隊、警察等の暴力装置の殆どの人間が自分の親だけは無料で保護施設に入れているという事だ。このような不正を行なっていては国民の支持を長期間受ける事はできない。いずれはこの馬鹿げたゲームは終了する」

私は父と別れた。私は父の言葉が頭に残った。このゲームは一年以内に終わるという事は私が金持ちになれるチャンスも一年以内に終わるという事だ。急がなくてはいけない。急がなくては永遠に金持ちになれない。

そして、六月三十日に老人数が発表された。三千四百二十五万八千四百二十三人だった。それは父の予言通りだった。減り方は以前より緩やかになっていた。これは老人がこのゲームに慣れて、逃げ方や隠れ方、老人ハンターに対する戦闘法を熟知してきた結果だった。

12

私は以前、ゴロツキから聞いたマンホールの件がどうしても気になっていた。マンホールの中に老人が潜んでいるのは理解できる。マンホールの下は下水道である。だから、臭くて、汚いが、暗くて、中も迷路になっており、非常に隠れやすい。しかし、釣り糸に餌をつけると何が起こるんだろうか？　老人が釣れる？　まさか！　そんなわけがない。

非常に疑わしいが、とりあえず、金持ちになれるチャンスは今をおいて他に無い。

私は何としても金が欲しい。この一攫千金の時代に金を蓄えて、老人狩りが無くなる頃には、毎日、唐揚げと寿司、ビールを飲み食いしながら、テレビから流れてくる軍隊蟻のように働いている人間を馬鹿にしたい。俺は金を持っているから、働かなくて良い。金を持っていないお前らは蟻のように惨めに働くしか生きる術は無いという事を思い知らせてやりたい。

「お前らは、軍隊蟻だ！　惨めに労働をして死んでいくしか生きる術はない」と大声で叫んでやりたい。更にはこうも言いたい。

「労働は罪である。お前らはその罪を背負って死んでいくしかない」

しかし、その為には一生働かなくても良い程の大金がいる。金が欲しい、金が欲しい、社蓄を馬鹿にする程の金が欲しい。クソー、金が、金が欲しい。金があれば、労働という罪から免れる免罪符を買う事ができる。

私は藁をもすがる気持ちで釣具店に行った。大型魚でも対応できる釣具、釣り糸、錘等の道具を買った。餌は何にしようかなあ。魚と同じで海老とか、ゴカイにしようか？　でも、マンホールで釣るものは明らかに魚ではない。老人に関連する何かだ。老人が直接釣れるとは考えにくい。しかし、一応、老人の好物にしておこう。

私は餌については釣具店で買わずに、和菓子屋で買う事にした。羊羹、大福、八ツ橋、ういろう、どら焼き等を購入した。今の老人は洋風化しているので、ケーキやバームクーヘンのような洋菓子でもよかったが、老人と言えば、和菓子というイメージを払拭する事はできなかった。

とりあえず、準備は整った。万が一、釣りの最中に老人に奇襲攻撃されるかもしれないので、日本刀や防具等もきちっとつけて、マンホールに出かけよう。しかし、何が釣れるんだ？　老人が隠した金でも釣り糸にひっかかるのか？　それとも、老人の居所がわかる地図でもひっかかるのか?

金持ちの家が並んでいる高級住宅街のマンホールで釣りをする事に決めた。私は釣竿と釣り糸の用意をして、釣り針に羊羹をつけた。そして、マンホールの蓋をあけて、釣り糸を垂らし、それと同時に左手で簡易用の組み立てイスを作り、そこに腰掛けた。

「しかし、こういう待ちの作業はいつ成果がでるかわからんなあ。前のコンビニの時のように数日待たされ続ける事になるのかなあ。否、山で老人を探索している奴らもやっぱり見つけるのに時間がかかるかあ」と思いながら、私は待っていた。

こういう待ち時間には読書が一番! 私は釣竿を近くの電信柱に強く紐で括りつけた。こうすれば、何かが引っ掛かっても、釣竿は持っていかれない。しかし、何を読もうかなあ。エロ本? まさかこんな人前でそんなものを読めるわけが無い。それに、よく考えてみたら、難しい本を読むのが好きな私はこんなところでは集中して読む事ができない。本は諦めよう。それとも筋肉でも鍛えようかなあ、一応、色々筋トレ道具も持ってきたし。

その時、突然、釣り糸がピクリとして、ピンと張った状態になった。私は大急ぎで電信柱に駆け寄り、竿を引き上げて見た。それでも引き上げられなかった。しかし、引っ張った竿には何か動いている様子はなかった。ただ、何かが引っ掛かった感じだった。私は生き物ではないなと感じた。どうせガラクタか何かにひっかかったんだろう。

私は釣り糸を切断し、新しい糸を釣竿につけて、餌をどら焼きに変えてみた。しかし、何の反応もなかった。暇だ。暇すぎる。周りは非常に平和な高級住宅街だ。老人の襲撃も考えにくい空気。しかも、みんなは学校や職場に行って、誰もいない。

私は何かをやりたくなってきた。金持ちの家にでも盗みに入ろうかな？　その方が合理的に収穫を得られるかもしれない。何も老人狩りにこだわる必要はない。一つの事にこだわり続けるような人間は馬鹿だ。私は高級住宅街の家に侵入できる方法を考えていた。しかし、老人への殺人が合法になっているのに、今更、窃盗で不法行為をし、犯罪者にはなりたくない。私が目指すのは安全が約束された殺人者である。

そして、その日は数時間経っても何も釣れる気配はなく、時間だけがすぎて、夕暮れになった。日が暗くなったので、これ以上、ここにいると危険だなと感じて、いったん家に戻る事にした。その日は何の成果もなかった。

私は家に帰って、すぐに近くにいた妹に話しかけ、癒しを求めた。

「今日は釣りに行ったが、何も釣れなかった」

「何を釣ろうとしているの？」

「マンホールの下の下水道にいる魚さ」

「下水道に魚なんているの？」

「一攫千金になる魚さ」

「まさか老人？　お兄ちゃん、まさか老人ハンターなの？」

「さあてね。秘密だよん」

「お兄ちゃん、そんな人殺しは止めてよ。みんな悲しむよ」

「なあに、父親の為さ、早く金を稼いで、保護施設に入れてあげたいからね」

妹はそれ以上、反論はしなかった。どうやら、私の行動をしぶしぶ認めたらしかった。私はこういう妹の小悪魔的マキャベリズムが大好きだ。父親の為に、老人狩りをしばしば認めるという姿勢は美しい、かわいい。強い。

こういう女は自分が可愛がっていたペットを食料難で食料にしざるをえない困った時にどうするんだろうと私は思った。その時、私は、今は戦国時代で豊臣秀吉に兵糧攻めされている鳥取城を想像した。その想像の中で私は妹に飼われている雄のヒヨコだった。

「ごめんなさい。ピーちゃん」

「ピヨピヨピヨピヨピヨ・・・・・」

妹の手が私の首をどんどん絞めていく、そして、やがて私は首の骨がへし折られ、毛を抜かれて、串に刺された後、焼かれて、妹の歯に噛み砕かれ、ペースト状になって、胃から栄養として吸収されていく。素晴らしい。エロティシズムの究極的な形である。

「あああああああ、妹じゃなかったら、妻だったら」と私は溜息をもらし、その晩は、泥にまみれる様な熟睡に包まれた。

次の朝がやってきた。今度、坊主は許されない。別に父の事は心配して言っているのではない。父はこのようなゲームは得意でまず死ぬ事はない。むしろ、私のほうが老人に襲撃されて死ぬ可能性が高い。ただ、金持ちになりたい。その為には坊主は許されないからだ。

今日は気合を入れて、やってみる事にした。前日はこんなもんで本当に成果があがるのか半信半疑の気持ちが強かったので、どうも適当にしてしまったらしい。今日こそは成果を得なければならない。私は餌に大福をつけて、しばらく我慢強く待っていた。待っていたが、取り立てて何かが釣れる気配はなかった。今日も、駄目かなと諦めていた。しかし、夕方の六時になりそうで、日もそろそろ暮れるかもしれないと感じていた頃、竿に強い引きを感じた。

「キター、キター、キター」と私は叫び、リールを必死に巻き取ろうとした。だが、相手もなかなかしぶとい。下に動こうとする凄い力があり、上にはおくびにも動かない。そして、この動き方から、何か生き物が釣れているという事は間違いなかった。

十五分経った。なかなか、相手がマンホールの中から出てこない。なんという力だ。これは老人なのか？　中型のマグロくらいの引きの強さを感じる。私は日が暮れて、気温が下がる時刻にもかかわらず、大量の汗が噴出した。

「あぁー、もっと楽に金儲けできると思ったのになあ」と私は泣き言を言いながら、汗を拭った。しかし、拭った左手に鼻水がついて汚くなったので、私は右手で竿を持ちながら、鼻水のついた左手をタオルで拭いた。

金持ちなら、金持ちの子供に生まれたのなら、こんな苦労をしなくても良いのに、今でも日本の中ではかなり恵まれた方と思うが、貴族ではない。本当の貴族レベルの金持ちなら、こんな糞みたいな事はしなくてもよかったのに。毎日、父親の経営している会社に行って、適当に書類にめくら判して、嫌いな部下にパワハラして、夕方五時にはソープか飲み屋にいくのに・・・・。

「俺は来世、世襲独裁者のドラ息子に生まれてくるんだ！」と喚きながら、私は更に汗と鼻水と涙でぐちゃぐちゃな顔を真っ赤にした。すでに三十分が経とうとしている。そこで、やっと何かの頭らしきものが少し出てきた。そして、私はトドメを刺そうと思って、銛を取り出す。

しかし、銛を取り出した時には頭はすでにマンホールの下に隠れていた。しぶとい、なんてしぶとい奴なんだ。

「何で、何で、こんなに俺だけ、俺だけ苦しまなければならないんだ！」と私は強く感じながら、息をゼイゼイきらしていた。「しんどい、つらい、しんどい」と泣き言の回数が多くなってきた。一時間が経っていた。私の手は豆だらけだ。このまま竿を握っていては豆が破けてしまう。私は痛いのは嫌いだ。武道に親しんでいるが、痛いのは大嫌いなのだ。

暫くすると、徐々に頭らしき黒い部分が見えてきた。今度はすぐに下にいく事もない。しめた。千載一遇のチャンス。

「やい、早く地獄にいけや！」と叫んで、私はその頭に銛を投げつけた（街灯が沢山あり見えやすい）。しかし、僅かにはずれて、銛がアスファルトで舗装された道路に当たり、刃が折れてしまった。クソー、結構、この銛は高かったのにこの野郎！百円均一で売っている包丁と違うんだぞ！

私は再び汗を拭い、近くにある水筒を左手で掴んで、蓋を開けて、口の中に押し込んだ。中に入っているのはスポーツドリンクだ。美味い、とても美味い。そして、すぐに体勢を立て直して、両手で釣竿をつかみ直した。もう武器らしい、武器は日本刀しかない。これでトドメを刺せないと終わりだ。だから、銛のように投げたくは無い。

更に時間が経った、すでに二時間が経過しようとしていた（はやく決着をつけなければ、夜も深くなり、老人に奇襲されかねない。急がなくては)。その頃には引きの力が徐々にではあるが弱くなってきた。その時、再び頭らしき部分がマンホールから出てきた。それも後ろではない、正面からだ。その正面を見ると丸々と超太った爺だった。その顔は阿修羅のように厳しく、真っ赤で、今にも絶命しそうな苦しそうな表情である。

私は驚いた。老人が釣れると薄々は感じていたが、本当に釣れるとは信じられない！ 人間がマンホール下の下水道で釣れるなんて！ しかも釣り針についている餌でつれるとは！ 私は非常に驚いていたが、爺にトドメを刺さなければならないと思って、すぐにその驚きの表情を隠した。

動き回り、もがこうとするが、力は更に貧弱になっていった。そして、ついに、顔だけではなく、首がでてきた。それを待っていたんだ。それは身元確認の為にできるだけ顔は損傷させたくはなかったのが理由だ（先程はカッとしてしまい銛を投げてしまったが）。

私は首をめがけて、すべての残りの力を振りしぼり、日本刀を斬りつけた。あまりにも力を入れすぎたので、首は血しぶきを上げながらとんでゆき、近くの街路樹の枝にかかった。私は街路樹によじ登り、首を手にとって検分した。

首を良く見ると、本当に超肥満の大福のような爺に間違いないと確信しざるをえなかった。それも無念の塊のような苦しそうな表情をしている。又、私は胴体が見たくなったので、懐中ライトを持って、下水管に降りていった。予想どおりのスーパーデブで、身長百八十センチ、体重百五十キロといったところだろう。もし、相手が高齢でなければ、私の体力負けになっていたかもしれない。

とりあえず、身元を確認できるような物を探すべく、さらに下水道を探索した。よく調べると下水道には財布と家族か後見人か誰かが作ったかはしらないが、首にかけるヒモがついた住所と名前を記入したボール紙があった。そこには「ボケているんで、いざという時には連絡お願いします」とも書いてあった。

私が釣ったのは大型のボケ老人だったんだ。これですべての状況が理解できた。あのゴロツキが言いたい事はマンホール下の下水道がボケ老人の隠屋になっているという事だ。

まあ、なんとか獲物は得たという安心感で私の涙は止まっていた。泣きながら、鼻水を垂らしながら、不平不満を言いながらでもキッチリと相手の首をはねる仕事をする私のスタイルは私にとっては非常に大好きだ。

私ってなんて「かっこいいんだ！」と私は思った。この姿を世界中の若い女に見せたい。見せて、褒められたい、ナデナデされたい。ニャンニャンされたい。妹に見せたい。世界中の若い女に私をオカズにしてオナニーさせたい。私はオカズ、オカズの中でも超高級なオカズ、食べ物で言えば、世界三大珍味、「トリュフ」「キャビア」「吉村正」だ。

その日以降、私はマンホールで老人を釣り続けた。最初は不慣れだったので、釣るのにも時間がかかったが、段々なれてくると一日二匹は釣れるようになった。しかも、家族に保護を受けていないボケ老人が多く、更にある程度、裕福な老人も多かった。数ケ月間で約五十人は釣り、それなりに大金も得て、遊んで暮らせるとは言えないまでも、節約すれば、普通に働かなくても良い金を得る事には成功していた。

そして、八月三十日に政府から、老人数が発表された。三千二百一万二千四百二人だった。減り方が益々、少なくなってきた。この状況に対して、政府はどう思っているのだろうか？　目標の一千万人に到達できるのか？　本当に？

13

政府の中に焦りがでてきたようだ。最初は老人数の減り方が早かったが、近頃はあまり減っていない。更には老人も以前より、はるかに見かけなくなったし、老人の逆襲にも政府は手を焼いていた。おまけに、老人保護の不正も週刊誌だとかの胡散臭い三流メディアではあるが、よく取り上げられるようになり、国民の政府への不満も高まっていった。

「政府の老人削減政策は失敗だ。全然減ってない」

「政府関係者の多くが、自分の親だけを特別に老人保護施設に無料で入れている。不公平だ！　これは公平な姥捨て山でないとおかしい！」

「老人が逆襲してくる。更に治安が悪くなった。どうなっているんだ！」

このような声が秋頃には聞こえてくるようになった。政府はそれに対して、不正はデマであるとか、新しい政策を発表して、老人削減数を改善すると言ってはみるが、実際には何もしていない状況。否、正確に言えば、何もできない状況に陥っていた。

このような状況の中で、私はもっと金が欲しかった。今の金では慎ましく、植物のように平和に一生、生きていけるだけの金しかない。ソープに行けない。高級な酒も飲めない。寿司も激安スーパーの物で我慢するしかない。唐揚げも同様だ。

しかし、マンホール釣りはもう難しくなってきた。それは皆にマンホール釣りは金になるという事が広まってしまったからだ。誰もかしこも今はマンホール釣りをしている。その為に、獲物の数が激減してしまった。もう一ヶ月中、釣り糸をたらしても、一匹つれるかどうかわからないのが現状だった。おまけに、そのような釣りは老人に激しく憎まれるので、リスクも高くなっていた。

なんとか新しい老人狩りの方法を考えなくていけない。大型動物用のトラバサミでも山にしかけようかなあ。んー、思いつかない。困った。しかも、安全を確保しながらだ。安全がなければ意味が無い。「安全第一」「健康第一」だ。

じゃあ、老人の養殖はどうであろうか？　六十四歳や六十三歳の老人を集めてきて、一年、二年、世話を見て殺害する。養鶏場と同じだ。老人達は鶏と同じようにいつか屠殺される事を知らない。しかし、世話するには莫大な大金と時間、おまけに本当に気づかれずに屠殺できるかどうかというリスクがともなう。相手は鶏ではなく、知能が高い人間だ。ただ、やってみる価値はある。

どのように詳細な点まで決めて、実務に移すべきかを私は何時間も深く考えてみたが、良い知恵は浮かばなかった。それに一人で養殖業務を行なうのは勇気がなかった。一人で多数の鴨予備軍を相手にするのは厳しい。企みがバレたら、全員に捕まえられて、撲殺される可能性も十分にある。心細い。私は仲間を探す事にした。

さて、それにしてもどこで仲間を探そうか、求人募集サイトに堂々と「老人の養殖やりませんか？　未経験可、年齢・学歴不問、月給三十万円です。ただ鴨予備軍の人にご飯を提供し、雑談相手になるだけです。最後の出荷作業は私が行いますので、罪悪感もありません。皆が仲の良い職場でプライベートも充実しています」と告知したい。しかし、あまりにも下劣な事なので、いくら政府が老人狩りを奨励しているとはいえ、世間の非難は厳しいものがあるだろう。

そういう事を考察すると、インターネットのアングラサイトで募集をかけるというのも一つの手だが、アングラであるという事は裏に潜っているだけ、告知能力が弱い。表にでると叩かれすぎるし、裏に潜ると告知能力が弱まる。

私は色々と知恵をしぼったが、いい案は浮かばなかった。おまけに老人を育てる資本も心もとない。もっと金が欲しい。資金の出資者も募りたい。どうしよう？　どうしよう？

とりあえず、妹に相談しよう。

「お兄ちゃんを手伝ってくれないかい？」

「何の手伝いをするの？」

「んー、お金儲けの手伝いだよ」

「それじゃあ、わからないよ」

「怖がらない？」

「もちろん、怖がらない」

「お兄ちゃんが老人ハンターだと知っているだろう？」

「そりゃ、知っているけど」

「その関連のお仕事さ」

「私は絶対に人を殺さないからね！　絶対に！」

「別に殺してくれとは言わんよ。ある事を手伝って欲しいのさ」

「何を？」

「老人の養殖をするのさ、だから、鴨予備軍の世話をして欲しい。屠殺する作業は私達のような男達がするから、心配しなくて良い。ただ、鴨予備軍の世話をして欲しいだけさ。給料は沢山あげるよ」

「絶対にやらん、人殺しの手伝いなんかしたくない」

「父親を助けたくないのか？　父親を保護施設に入れて、助けたくないのか？　それでも父親の娘か？」

「う、うん」

どうやら妹はしぶしぶ私の手伝いを承諾したようだ（私は父親の保護施設入所には関心は無い。父親はこういうゲームには強いので心配ない。私はただ金が欲しいのだ）。あんなに美しくて、かわいくて、小悪魔的ながらもとても優しい妹がここまで残酷な事に手を貸すようになるとは非常に楽しい事だ。女というのはどこまで残酷になるのだろうか？　男から見ていてこれほど楽しい事はない。ある資料では男の間でのイジメよりも、女の間でのイジメの方が残酷らしい。

私は女の教育者にむいているのだろうか？　女子高や女子中学校あたりの教師にむいているのだろうか？　成長期の女の肉体から精神まですべてを管理したい。成長期の女の体重や身長を管理したい。毎日、鶏のササミと卵の白身を食べさせて、筋肉トレーニングに従事させたい。そして、毎日、次第に形成されていく、女の筋肉にプロのボディビルダーがつける油を丁寧に愛撫しながら、塗りたい。

「ああ！　なんて幸せなんだ！」

しまった。また、一人で喚いてしまった。妄想に耽るのは私の悪い癖だ。早く、現実に戻らなければならない。とりあえず、妹は手伝いという形でこの計画に参加させるという事に成功した。しかし、女一人だけでは心もとないし、資金も足らない。

そこで、私は老人ハンター協会の関係者とコンタクトを取った。その結果、私と同じ事を考えている人間が多数いて、すでに協会内だけでの一人でも老人を殺害した事が証明できるハンターだけが閲覧できる極秘のメンバー募集の広告も掲載されているとの事だった。

私はその募集広告に応募する事にした。それも出資者、共同経営者として五百万円程度の金を資本金として出す事に決めた。妹はその従業員として雇用される予定になった。本音を話せば、私がすべてを出資して、完全な経営者として指揮したいが、はじめてやる事業なので、ここはリスク分散も含めて共同経営という形となった。

共同経営者は私（吉村）を含めて、楠本、村上で三人。出資額は全員が五百万円で三人が平等に利益を分け合う事になった。従業員は私の妹と楠本の妹の二人で時給二千五百円の非常勤職員としての役割を果たす事になった。

私達は老人ハンター協会の会議室を借りて、五人全員で集まり、紹介をかねて、事業の具体的な道筋を検討する事にした。

「私が吉村です。よろしくお願いします」

「私は楠本です。はじめまして、こちらこそよろしくお願いします」と丁寧に頭を下げた。

「私は村上です。皆様と会えて光栄です。よろしくお願いします」

その後、女性達も挨拶を交わし、和やかな空気の中、実務的な話に移行していった。

話は集める老人の年齢から、借りる施設や殺害方法、募集方法にまで及んだ。

そして、その結果、当然の話ではあるが、六十五歳未満の鴨予備軍を六十五歳まで育成して、殺害し金にするというのを表向きには掲げる事はしなかった。その代わり、六十四歳程度の鴨予備軍を集めて作る六十五歳になった時の心得や老人ハンターからの逃げ方等のテクニックや逃げる事ができない時の為の対人格闘法、必要な食料や隠れ場所の作り方等を教える訓練施設及び避難所の提供を行なう法人という建前を作る事にした。

今の六十五歳未満の六十代は非常に怯えていた。特に六十四歳になると、もう六十五歳になる寸前なので、老人ハンターに狙われる恐怖でいてもたってもいられなかった。金のある人は保護施設に入所できたが、金のない人が殆どだったので、老人ハンターからの逃げ方等を紹介した書籍がベストセラーになったりする事もあった。

政府としてはこのような書籍や保身技術を教えるような団体を好ましくないと感じているようだったが、この頃には政府への不信感と現代的姥捨て山にも知識人を中心に批判が高まってきており、政府もある程度は黙認しざるを得なかった。又、その影響から政府に反抗する民間の老人保護施設も次第に増えてきており、入所金一千万円程度、月々十万円程度で入所できるようになってきた。ただ、国の公認を得られていた訳ではない。だから、老人ハンターの狩りの対象となったので、施設は独自に武装しなければならなかった。

このような民間施設に数十人の老人ハンターが侵入し、一攫千金を狙って老人を大量虐殺しようした事件も多数おこっていたが、施設の警備は硬く、返り討ちにあう可能性が高かった。施設は見晴らしの良い高台に作られ、周りに溝が掘られて、有刺鉄線の柵があり、堅固な要塞のような物もある。

私達はそのような社会状況の中で、この事業を行なうのである。借りる施設は基本、保護施設というよりは技術を教える事に重点を置くので、さほど堅固にする必要は無かった。さらには堅固にするだけの資本もない。

募集広告についてはは福祉業務に近い物があるので、特に隠れてコソコソとする必要はなく、普通にインターネットや新聞のチラシで募集する事になった。

「六十四歳の皆様！　もうすぐ老人ハンターの狩猟対象です。自分の身は自分で守りましょう！　その為には戦闘技術、待避技術、食料獲得法等のサバイバル技術が必須です。皆で殺人者を返り討ちにしましょう！　月謝は毎月十万円です。コースは三ヶ月、二ヶ月、一ヶ月と選択できます。皆さん、最後まで生き残りましょう！」

結構な人がやってきた。それもきちっと政府が配布した猶予期間バッチをつけて、やってきた。この猶予バッチというのは概ね政府から六十歳くらいになったら配布される物で、六十五歳以上の老人に間違われて殺害されない為に外出する時は必ず身に着けなければならないバッチだった（バッチをつけていなければ、殺害されても文句は言えない）。

例外として、五十代でも老け顔で殺害されかねない人も個人申請で猶予バッチを政府から配布してもらえた。この猶予バッチには最新の科学技術が使用され、偽造防止対策がなされており、一万円札のように外国国家でも完全に偽造する事は難しかった。又、この偽造バッチをつけている老人を専門に狩るハンターもいて、偽造バッチが実際に国に登録されているバッチかはバッチをスキャナーする事によってすぐに判別できた。そして、警察による猶予バッチの検問もさかんに行なわれている。

私はやってきた人々を見て、幼い稚鴨のように感じられた。否、このような表現より、私は山姥という妖怪になったと強く感じたというのが正解かもしれない。今から、この子達を暫くの間、厚遇して、その後はペロリと食べる事になるのだ。

とりあえず、私は受講生の武道担当者になる事に決まった。こういう時に父から教えられた武道が役に立つとは思わなかった。その日、私は将来、手に入る大金に思いふけり、スヤスヤと寝た。そして、数日後の九月三十日に政府から、老人数が発表された。三千一百万五百六十三人だった。ん、ん減らん？

14

私は受講が始まって以来、生徒に精一杯、武道を教えた。いずれ、食肉にする為に出荷しなければならないが、そこは置いといて、全力で生徒に教えた。生徒の実力はメキメキと上達し、老人ハンターからは臨時的であるが、ある程度は戦えるようにはなってきた。

「先生！　敵に髪をつかまれて、身動きがとれなくなった時はどうするんですか？」

「ん、そこはな、急所を狙うんですよ」

「急所？」

「金玉をつかんで全力で握りつぶすんですよ。もしくは、持っている小型ナイフで一刺しすれば良い！」

「では、敵が女の場合は？」

「女？　んー、女の場合は金玉もないし、急所は乳だけだし、乳は身体の上部にあるから反撃は難しいなあ」

「武道には相手が女の場合は想定されていなかったのですか？」

「んー、困ったな」

「ガハハハハハハハ（一同大笑い）」

このような感じで授業は続けられた。おまけに訓練の後、一緒に風呂に入り、どの世代でも知っている童謡を歌った。風呂から出ては一緒にラムネも飲んだ。テレビも見て、同じ部屋で寝た。寝る前には麻雀もした。特に藤本さんとは良いライバルであった。楽しかった。想像外にも若者を搾取した老人達は血の通った人間だった。だから、私にも生徒達といる事で情が少しではあるが、徐々に湧いてきた。困った。

本来、生徒に情が湧く事は厳禁であった。この子達の命は私の現金になるのだ。命＝現金なのだ。家畜の飼育員がそれに情が湧くのと同レベルであった。しかし、私はその現実が本当に迫るまでは、できるだけ何も考えずに技術を教える事にした。ただ、心の中ではその情が湧くのをできるだけ断ち切る為にこう生徒を裏で呼んだ。

「第一教室、人間家畜二百五番」

表向きは田中さん、堀谷さん、山田さんという風に呼ぶようにしなければならないが、心の中や仲間内では人間家畜番号で呼び合うのであった。そうしなければ、人間としての情を断ち切る事が難しいと考えられたからだ。それでも情が湧いてくるのに。

今まで殺してきた老人は個人的に非常に憎しみを持っている人間、もしくは全く知らない人間だった。でも、今回は長期にわたって交流をしてきた人間を屠殺し、出荷しなければならないのである。今までとは全く違う。一緒に泣き、笑い、共に技術の上達を喜んだ人間を殺害しなければならないのである。

だが、それをしなければ金持ちになれない。人間が動物の肉を食わなければ生きてはいけない。もしくは、穀物だけでも生きてはいけるのであるが、肉の美味しさに負けて、今まで生活を共にした動物の命を奪うのだ。私も金の魅力に奪われて、老人達の命をもらおうとしている。しかし、相手は心もより深く通わせる事ができる人間なのが厄介なのだ。

特に、優しい妹はこういう状況は苦手だ。私が上手に父親をダシにして、悪の道に誘導しているが、本質的には優しい善人だ。私は優しい妹が好きだ。しかし、悪の道に進んだ妹もまた魅力的だ。悪は時には善以上の魅力があるのも事実だ。

とりあえず、老人達に私は様々な戦闘技術を教え、訓練は順調に進んだ。これである程度の老人ハンターとは戦える。プロとは戦えないまでも数ヶ月の訓練でここまで上達したのは素晴らしい事である。子供の時から武道を学んできた私でさえも、勝つには苦労すると思える程に上達した素晴らしい素質を持つ老人もいた。

そして、初の出荷日が来たのだ。出荷日は出荷される老人の六十五歳の誕生日の前日夜に行なわれる事になった。誕生日に老人ハンターに見つからない、山深くの隠れ屋や洞窟に連れて行くという名目で老人を車に乗せて、その車の車内で〆るのであった。

もちろん、〆る役割をするのは武道の経験が豊富な私の仕事だ。本当はそんな仕事はしたくはなかったのだが、役割分担上、引き受けるしかなかった。私としては車を運転する仕事をしたかったのではあるが・・・・・。

その日、私達は夜八時、五人と老人一人の六人で車に乗り込んだ。行き先は私達、職員が用意した隠れ屋という事になっているが、本当はそんなものはなかった。〆る家畜にそんな高級な施設はいらない。ただ、車を運転しているどの間に〆るのがもっとも合理的かを考えるのが必要だった。もちろん、その合図をするのは実際に〆る私の仕事だった。

老人はなんの警戒もせずにやってきた。もうすぐ、老人ハンターに追われる身になるので、すべてにおいて楽観的になっているというわけではないが、前途にわたる冒険にも期待しているようだった。

「吉村さん、ワクワクしますね」

「もうすぐ、追われる身なんですよ、怖くないですか?」

「怖いですが、何か実感がないですねえ」

「まあ、いつか実感できますよ」

「そうなんですか？」

「とりあえず、生き残って帰ってきてください」

車内には緊張感はなかった。否、私を含めたスタッフは確実に緊張していたが、その緊張感を老人にさとられると、計画の全貌がバレかねない。緊張はしていてもそれを周りには感じさせない努力を殺害予定の老人以外はしている様子だった。

私は殺害の合図である私の近くに置いてある特大の鈴をいつ鳴らすか迷っていた。もちろん、今は誕生日前日なので夜十二時を過ぎなければ、その鈴は鳴らせない（現在の法では日単位で年齢が計算される）。六十五歳になっていない人間を殺害するわけにはいかないのである。

だから、手筈としては、車内において、弁当を食べ終わり、就寝後に、老人が寝ているスキをついて、殺害する予定だった。その方法が相手からの反撃可能性も少なく、極めて、合理的に処分できると判断されたからだ。

しかし、どうしても今回の殺人はやる気が起きなかった。このもうすぐ殺害する時間がやってくる前までは、鶏を〆るような感じで殺害できるだろうなと思っていた。毎日、毎日、卵を産んで、産めなくなった鶏を「ごめんなさい」という感覚で食肉にするのと同じだ。〆る前には少し罪悪感に苛まれても、〆て肉にしたら、「ごちそうさま」で明日からは思い出す事もないと思っていた。

私は今、この老人と共に訓練をし、共に喜び、共に泣き、共に笑った時間を思い出した。人間が鶏には余り抱く事ができない、共感性の高い人間らしい感情が次第に私の心の奥底から湧いてきた。

「もう、やめようよ！　金なんかどうでもよいだろ？」

私の心の中の人間らしい部分がそっと叫んだ。しかし、その叫びは私の心の中にある仕事を遂行しなければならないという義務感と保護施設のメンバーを今更、裏切る事はできないという責任感が抑えつけた。

私は逃げ出したかった。私が今まで殺してきた老人は感情も何も持たない人形だった。人形を殺してきただけだった。人形の中にある感情を見る事はなかった。しかし、人を殺すという事は人形を殺す事ではない。生きて、共に理解し、共に感情を共有し、共に同情しあえる仲間を殺すという事だ。

私の頭の中に今まで殺害してきた老人の顔が思い浮かんだ。あの老人達にも私と同じように家族があったのだろうか？　あのような形で私と出会っていたので、虫を潰すように殺害するという関係しか持つ事はできなかった。もし、あの老人達が私の子供時代の恩師だったら、また関係も変わってきただろう。もし、親だったら、それも関係を変えただろう。そのような特殊な関係でなくても、もし、このような時代ではなく、もっと平和な時代であれば関係も変わっただろう。

私は数分間、思考に耽っていた。しかし、そのような思考も現実の前にはどうする事もできない。乗りかかった船から途中で降りる事はできないのである。それにもうすぐ食事の時間だ。私がコンビニに弁当を買いにいく係りである。そんな余裕もない。

暫く後、車はコンビニの駐車場に止まった。今は夜の九時だ。夜遅い食事になった。老人はこれが人生で最後の食事になるとは全く思っていないようだ。ここまで人を簡単に信じる純粋無垢さが私の罪悪感を強めた。

「何が食べたいですか？　藤本さん」

「美味しいものが食べたい」

「そんなんじゃわからないですよ、具体的に言ってください」

「魚系の美味しい物だよ」

「わかりました」

「じゃあ、これお金だから」

「いらないですよ」

「本当に良いの？」

「いいですよ。これから藤本さんは老人ハンターから逃げ続けなきゃいけない。お金は大切ですよ。少しでも節約しなきゃね」

私は車から降りて、コンビニの店内に入った。コンビニは普段と変わらない様子だった。明るい音楽が流れ、店員が笑顔を振りまいていた。私も大人しくしていれば、コンビニ側の人間だった。金持ちになりたいという意欲さえなければ、善の側で貧しいながらもモラルを守って暮らす事もできた。

私はコンビニの店員を羨ましく感じた。善の世界に戻りたい。戻って、麦ご飯と漬物だけの生活になるかもしれないが、悩みもなく、笑って暮らしたい。私が普段から馬鹿にしているコンビニ店員をこんなにも羨ましく感じるとは思わなかった。善の側に入れれば、こんな糞みたな悩みに惑わされる事もない。貧しい善は豊かな悪より幸せかもしれない。

私はこの罪悪感を紛らわす為にできるだけ高価で美味しそうな魚系の弁当を大量に購入した。明らかに一人では食べきれないくらいの量を購入した。こんな形でしか私は自分の罪悪感を紛らわす事ができなかった。老人の人生最後の食事をより豊かな物にして、人生とは素晴らしいと少しでも思って欲しいと強く感じたからだ。

私は車内に大量の弁当を抱えて戻ってきた。

「どうぞ、弁当ですよ」

「ウヘーーーーー、こんなに大量に食べられないよ」

「否、だってこれから老人ハンターから逃げるんでしょ。栄養つけなきゃ逃げられないよ」

「そりゃそうだけど、この量はねえ」

藤本さんは弁当を食べ始めた。それも気をつかってくれて、私が大量に購入してきた弁当のすべてを食べてくれた。その姿を見ると私の罪悪感は更に強まり、表情に隠しきれなくなった。私の頬から涙が少しこぼれた。

「なんで泣いているの？」

「藤本さんが、これから本当に老人ハンターから逃げきれるかなと思って、心配になったから」

「心配しなくて良いよ。私には吉村先生から学んだ武道の技術があるからね」と話をしながら、同時に私から学んだ空手を車内で披露した。

私の表情が通常からどうみても違うようになりかけた所で、このままではいけないと思った隣の席にいる村上が私の足を手で強くツネってきた。そして、私の目を意味ありげに少し睨んだ。

私は正気を取り戻した。少なくともこの殺人が終わるまでは私はこの仕事から逃げる事はできない。その義務感が私の表情に鉄の仮面をかぶらせた。保健所に持ってこられた犬・猫を処分する保健所職員のような感じだ。

更に具体的に例えるなら、私は思考を停止した。人間として最も大切な情を感じる為の思考を停止し、組織の一員となったのだ。その方が私にとって楽だった。周りの空気に流されて作業するのは本当に楽だ。何の罪悪感も責任感も湧いてこない。ただの流れ作業のライン工と同じ感覚だ。

そして、ついに就寝の時間がやってきた。車を運転する係の者以外は布団に包まって、車内で寝ようと準備にとりかかっていた。

「明日からは戦いだなあ。どんな老人ハンターがやってくるんだろう？」と藤本さんが不安そうに呟いた。

その瞬間、村上は表情に一瞬だけ、凄まじく差別的な冷笑を浮かべたが、すぐに消した。それを見た私は村上に強い殺意を抱いた。

「お前は殺すのを手伝うだけだが、育てたのは私だぞ。糞野朗！」と心の中で叫んだ。

その後、車内の明かりは消され、辺りは静寂につつまれた。道路の車が走る音以外は何も聞こえてこなかった。その静寂は私には重荷に感じられ、迫る義務の遂行に心は萎れるような思いだった。しかし、時間は矢のように流れるのは早く、待ってはくれなかった。

15

時間は夜中の十二時になろうとしていた。もうすぐ、合法的に殺害できる時間だ。もちろん、私は寝ていなかったし、残りのメンバーも寝ていなかった。寝ているように装っていただけだった。

藤本さんは寝たのだろうか？　私の計画としては熟睡した頃を見計らって、殺害する予定だった。もう、本当に熟睡したのだろうか？　私としては苦痛の中では死なせたくなかった。熟睡の続きの中で、夢のような死を望んでいた。

そして、それが藤本さんにできる最後の優しさでもあった。美味しい食事の後、楽しい夢の中で意識だけが遠のいていく、私が殺人者である事にも気づかない。すべての人を善人と信じて、死んでいって欲しかった。あの村上の野郎でさえも善人と思って死んでいってほしかった。

日があけて、もう二時になろうとしていた。私達は十時には就寝した。すでに四時間経っている。藤本さんが熟睡していてもおかしくはない。私もそろそろ合図の鈴を鳴らさなければいけなかった。

しかし、私は未だに藤本さんへの情が完全に断ち切れずに躊躇していた。だから、まだ、藤本さんは寝ていないだろう。老人は寝つきが悪いだとか、まだ夜が明けるまで時間があるから先延ばしで良いだろうと自分の頭の中で言い訳ばかりしていた。隣に寝ている村上が私の足を少し、蹴飛ばしてきた。早く殺せという合図だ。つくづくうっとうしくて、冷酷な男だ。この村上という男は私が藤本さんと共に数ヶ月の時間を共有した事を知っているのに、私を弄んでいるのだ。私がもがき、苦しんでいるのを楽しんでいるのだ。

私は村上の足を蹴り返した。私は村上に迫られなくても、義務を遂行するという強い意味で足を蹴り返した。そして、私の心は人間としての感情をついに封印し、鈴を鳴らした。その瞬間、村上が藤本さんの体を抑えつけ、それと同時に車の電気を妹がつけた。

藤本さんは一瞬、驚いた表情を見せ、とっさに眼を覚ました。直後に私は自分のズボンのポケットに隠し持っていたヒモをだして、藤本さんの首に巻きつけた。

「ギギギギギ、ウググググググ」と藤本さんは喘いだ。

その顔は何が起こっているかよくわかっていなく、驚きの表情のみが表れていた。私は首をヒモで絞めながら、その表情を見て、気がめいりそうになった。だが、村上が藤本さんの顔に袋をかぶせて、私からその表情を見えなくした。

私はその好機を逃さずに、全力で締め上げた。すると、三十秒後には藤本さんの力が弱ってきた。一分後には動く事も次第になくなり、三分後には全く動く事はなくなった。私は確実にトドメをさすために十分間、絞め続けた。

その後、藤本さんにかぶせられた袋をとって、皆でどのような顔をして、死んでいるかを確認してみた。その表情は私がマンホールで釣り上げた巨体の老人と同じく、悪鬼のような表情をしていた。私の心は罪悪感の渦に巻き込まれた。藤本さんの死体を唖然と見ている私を村上は「してやった」という表情で見ていたが、私と目をあわせると、すぐに自分の表情を隠した。

優しい私の妹が藤本さんの悪鬼のような表情を自分の手で安らかな表情にした。私はその姿を見て、妹をとんでもない修羅場に巻き込んでしまって申し訳ないという気持ちでいっぱいになった。

この夜の出来事は私の人生の中で最悪の日であり、はじめて人を殺すという意味を実感した日でもあった。

16

あの日以来、私は老人を殺していないし、老人屠殺会社も辞めた。あの殺人の件が頭から焼きついて離れないからだ。はじめて、人を殺すという意味を理解できた殺人だった。私がこのように情を感じる顔のある人間を殺さざるを得ない立場に陥った時に、はじめて気づいた感覚だ。体感しなければわからない感覚だ。しかし、もしかしたら、ほんの少しの想像力を働かす事ができれば、このような事をせずとも、このような感覚を体感できたかもしれない。

有名なソ連の独裁者スターリンの言葉にはこうある。

「一人の人間の死は悲劇だ。しかし、数百万の人間の死は統計上の数字でしかない」

だが、その言葉の奥底には死んだ人間の人柄、家族、人生を想像できない。もっと詳しくいうならば、想像する知能はあっても、想像する優しさがないというべきであろうか？

私もこのような糞みたいな殺人を体感する前にも想像できる知能はあった。だが、想像できる知能があっても、優しさがないと、その想像自体を陰鬱で考える必要の無いやっかいで自分とは関係のないものと判断して、想像する事をやめてしまう。いわゆる、完全な思考停止状態だ。

その想像の停止は「生物を数という無機質な物、よりひどい時には人間すらも数という無機質な物」とみなす事だ。

私は今、初めて、自分の中の人間的な物を感じる事ができた。子供の頃から、このような大切な物を耕す事ができたら、私はもっと想像力のある人間になれ、このような糞のような殺人を犯す事もなかっただろう。

はっきり言おう、「優しさとは想像力の基盤である」と。知能だけですべての物事を想像できると考えている人間が世の中には沢山いる。しかし、世の中は数や物質等の感情を持たない無機質な物だけで構成された世界ではない。知能だけで想像できるのは無機質な世界だけだ。「優しさ」があって、はじめて、高等生物である人間の証拠と言える「倫理的な想像」が可能なのだ。

私の老人ハンターとしての活動も、もう終わろうと思う。そこそこの大金を所有する事はできたが、心に何かドライアイスで冷たく、強く締めつけられる気持ち悪い感覚が残らざるをえなかった。又、妹に見せたくなかった兄の修羅のような顔を見せたのも後悔が残る。

優しい妹には私よりもっと相応しい兄がいたはずだ。私が兄だなんて！　人生という物は面白いものだ。こんなにも馬鹿げた現象が起こるんだから。私よりも優しくて、勤勉で、優秀な兄を持てたら、良かったのにと心の底から思う。こんなことをした兄を妹はまだ愛してくれるだろうか？　否、優しい妹だから、愛してくれるだろう。それも悪魔を同情という理由だけで愛してくれる天使のように。

そして、私の老人ハンターとしての活動も終わりだが、政府としての活動もどうやら終わりになるようだ。もはや、政府のあのような強引な姥捨て山政策は明らかに機能していなかった。老人の減少はその政策を始めた当初は減り方も激しかったが、今では停滞する一方だ。それに六十五歳以上の老人の防御方法も更に巧妙化してきて、摘発がいっそう難しくなっているというのが現状だ。更には彼らからの攻撃によって治安が悪化し、社会全般にかなりの悪影響も出ている。

おまけに現在は汚職への摘発も活発だ。政府高官や軍、警察等が自分の親だけ、無料で保護施設に入れたり、賄賂を取って施設に入所させるのに必要なお金を軽減させたりした事がマスコミによってさかんに取り上げられた。今では、軍事政権によって成立した内閣の大臣クラスの人間にも逮捕者が多数でている。

この為、内閣は自浄作用を働かした。逮捕された大臣は徹底的に更迭され、中には実刑判決を受ける人間もでてきた。暫く後には内閣は老人減少失敗と汚職の責任をとって、内閣総理大臣を含めて、すべての大臣が総辞職する形となった。

ここで、新たに政府の重要ポストを担当させるにあたって、軍事政権が内閣の一員に任命した連中は、今までの政治家の中で、すべてにおいて潔癖で私欲がなく、また、財産にも恵まれた汚職とは一番無縁な政治家達だった。

私はこのような社会情勢の流れを妹と共に、ずっと家の中で見守った。老人を殺して稼いだ腐った金なのではあるが、それを放棄する勇気は私にはなかった。だから、このように働かずとも妹と家の中にいれたのである。

もはや、私は世俗の世界と関わる気にはなれなかった。海水の中に漂っているワカメのようにぼんやりとのんびりと生きたかったし、金持ちになりたいという願望は消えている。今は、善の世界で貧しくとも精神的に安定した生活を強く望んでいた。安い唐揚げ、寿司等も住めば都という言葉があるように、慣れるとなかなか通なものである。美味い物を味わうとそれに慣れて、安くて不味いものを食べたくなくなる。しかし、人間の舌というものは上手にできているようで、不味い物を食べ続けるしかない環境にいると、舌が不味い物に適用して、美味く感じるものだ。

とうとう、政府は年明けの一月一日の元旦を持って、老人狩りのすべてを禁止する法律を議会に提出し、十二月十日には衆議院、参議院を通過し、施行される事になった。老人狩りにより、老人への若い世帯の負担はある程度の老人が減少していたので効果はあった。しかし、根本的な解決にはほど遠いという結果である。

その法案が施行された一月一日はまるでお祭り騒ぎであった。十二月三十一日までは老人は街から完全に消えていたのだが、一月一日には街は老人の群れで埋まっていた。それも明らかに勝ち誇っていた。

この頃までにはインディアン風の服装が老人狩りへの抗議の象徴になっていた事もあって、街はインディアンの服装をした老人で溢れていた。インディアン達は日本中のすべての公園や広場で祝宴をしている。

「生き残った！　やった！」

「俺達、老人を舐めやがった政府に一矢をむくいてやったぜ！」

「料理もうめえ、酒もうめえ、現役世代に勝ったのはもっとうめえ」

街は歓喜の声に溢れていた。老人達は飲み、食べ、踊り、街中で年甲斐もなく、キスもしていた。どうやら、タイムズスクエアのキス（第二次世界大戦で日本の敗戦を喜んで、看護婦と水兵がキスをしていた）をまねているらしい。もはや、政府にインディアン達を咎める精神的余裕もなく、不法に占拠された公園、広場で祝宴は一週間続いた。

私の父親もインディアンのかっこうをして、その祝宴に参加していた。私が予想したとおり、父親を倒せる老人ハンターはいなかった。その体は闘いによって、傷一つつけられた様子もない。母も保護施設で無事であった。私達一家にとっては私が大きな精神的打撃を受けた以外はすべてが順調だった。又、あの鬼畜、村上も誰かに心臓をナイフで一刺しされて死んでいたらしい。犯人は不明だ。

17

一カ月後には街は通常の姿をとりもどした。狩りの対象となった老人もインディアンの服装はやめて、公園でのんびり鳩と遊んでいる。中年、若者の現役世代も自分と老人を養う為にあくせく働いていた。すべてが平和になっていた。

以前は老人ハンターであった者達も今はその事を堂々と公表する事はなくなっており、大金を稼いだ者は豪遊していたし、稼げなかった者も平凡な生活を送っており、老人に暴力をふるう者はいなかった。元老人ハンターで質素な生活を続ければ、働かなくても生きられる金を稼いだ私は物事に考え耽りながら、公園を毎日散歩する事が日課になっていた。

政府には打つ手がないように思われ、老人は我が世の春を謳歌している。しかし、軍事政権は未だ権力を握っており、元老人政治家が権力を取り戻す事はできなかった。中には「民主主義を取り戻せ」というスローガンを元老人政治家が叫んで、現在のように衆議院も参議院も軍事政権が推薦した人間しか立候補できない制度、軍事政権が内閣を組閣する人間を任命する制度をやめさせようと努力していた。だが、結局はシルバー民主主義になる事は明白であり、中年、若者等の現役世代の支持を取り付ける事はできなかった。したがって、現状は軍事政権幹部の寡頭政治による独裁にならざるをえないのである。

又、政府は狩りの対象となった老人に対して、補償金を支払うという法案を可決した。人権団体の猛抗議や左翼マスコミからの攻撃に耐えられなかったようだ。一人あたりの年金額を二割程割り増しするという内容であり、その時に少しばかりの謝罪の宴会を開くという方針であった。

母は保護施設に入所以来、元気を無くしていたので、宴会に出席する気はなかったが、社交的な父は無料で飲み食いができるという事で宴会に出席する気が満々だった。年金増額の手続きは夫である父親が代行するという事になっている。

私はこれで老人の勝利が確定したと感じた。完全なる勝ち逃げ、若者世代にすべての負担を押し付けて、無責任にこの世を去る老人が勝ち組になると考えた。それに反して、今の現役世代は老人が贅沢の為に作った借金返済に追われなければいけない。

「世の中はなんて不公平なんだ！」と私は叫んだ。

もはや、政府も何もできない。老人狩りという超強権的姥捨て山をしても効果どころか、治安等の問題を抱えて頓挫。更には財政の回復も低調だった。このまま、なし崩し的に今の状態が続くであろう。

個人的にはそれなりの大金を手にはしたが、冷たいドライアイスの化物にとりつかれたような気持ち悪い罪悪感まで同時にくっついてきている。これからこの金と共に細々と生きていくつもりだが、あの後味の悪い化物を忘れる事はないだろう。又、この汚い金を慈善活動している公的組織に寄付できない人間としての生への強い意欲も私は持っている。この罪悪感と生への強い意欲にはさまれて、この先、私は生きていく事になるだろう。元老人ハンターという事を隠しながら。

国による年金増額の手続きと謝罪宴会の日がやってきた。父親はウキウキだった。何人も老人ハンターを返り討ちにしてきた強者。私のような顔の見える人間を殺す経験もした事がない幸運な男。何の罪悪感も抱える事もないまま、そのまま幸運な人生を終えるだろう。私は父親を非常に羨ましく感じた。

父親はスーツに着替えた。さすがに政府主催の宴会にインディアンの姿で出るのは失礼に値するし、インディアンの姿自体が政府への反抗を意味する象徴にもなっていたので、不可能であった。

「じゃあ行ってくるね」

「羨ましい」

「何が羨ましいのか？」

「お父さんの人生が羨ましい」

「それはどういう意味だ？」

「人生のすべてが上手くいっている」

「表面的に上手くいっているように見えているだけかもしれないぞ。隣の芝生は青いという言葉があるように」

「私もそうなりたかった」

「あんまり、人の事を羨ましいと思わないほうが良い。人生は何が起こるかわからないし、私も人からは輝かしく見えるだけかもしれないぞ」

「とりあえず、飲み食いを楽しんできてね。政府から今まで相当な虐待をうけてきたんだから」

「虐待どころか、政府が仕掛けてきたゲームを十分楽しましてもらったよ。こんな老人になって命を賭けたスリルを味わえるとは思えなかった」

「増額した年金分で僕を養ってね！」

「ふざけた事をいうな！　このデキソコナイめ！」

父親は政府が主催する宴会に出席する為に家を出発した。母親は体調が悪く部屋の奥で寝ていたが、私と妹は父親の姿が消えるまで、見送った。私は父親の後ろ姿を見て、感慨深く感じた。政府と老人の闘争はすべて終わったのである。それも老人の完全勝利という形で終わったと感じた。

父が出席した宴会には体調不良等の特別な理由以外で参加する事ができない老人以外はすべてが出席し、日本で全国同時、数百会場で行なわれていた。その宴会は年金増額の手続きの後、開催された。増額の手続きは原則、その時でしか申請できないので、今まで老人ハンターから逃げ切った老人仲間もほぼすべて参加していた。父親は仲間と飲み食いをし、それまでの苦労話に花をさかせた。

しかし、開始三十分から一時間すると参加者すべてが不自然な眠気に襲われた。最初の内はほんの僅かな人間が椅子に座り込んで寝ていただけなので、何も不自然に思われる事はなかった。だが、暫くすると又、一人、又、一人と地面に倒れるように眠り込んだ。その中で、父は眠りに必死に耐えていた。もはや頭の中は何かを考えられるような状況ではなかった。ひたすら眠りに耐えていた。

「政府め！　法を破ったな！」と眠り込む瞬間、父親は大声で叫んだ。

暫く後、私達家族に戻ってきたのは火葬された父の骨であった。母は気絶し、妹は泣きじゃくり、私は茫然自失となった。政府はここに老人削減の国家目標を達成した。

ロックウィット出版の本

人格を磨くすすめ（人間関係改善）

松本博逝著

同僚や上司・部下に陰口を言われた事ありますか？

同級生に陰口を言われた事ありますか？

人格はあなたの将来を明るくするか、暗くするかに影響を与えます。聞き上手等のテクニックも大切ですが、高い人格がなければテクニックもあまり役に立ちません。この本は主に、人間関係に一番重要な高い人格について書いています。高い人格は会社や学校でも役に立ちます。その為には**普通**を極める必要があります。


好評発売中！

著者プロフィール
松本博逝
１９７８年１１月２９日に誕生
１９９４年大阪市立梅南中学校卒業
１９９７年上宮高等学校卒業
２００２年関西学院大学法学部政治学科卒業
松本博逝はペンネームである。趣味は読書、人間観察等

姥捨て山戦争

著者　松本博逝
２０１８年　１月　１５日　初版発行
発行者　岩本博之
発行所　ロックウィット出版
〒５５７－００３３
大阪府大阪市西成区梅南３丁目６番３号
電話　０６－６６６１－１２００
装丁　岩本博之
印刷所　ニシダ印刷製本
製本所　ニシダ印刷製本

ISBN978-4-9908444-2-4